Micaela Helemann

Freiwillig kam niemand hierher

Verschleppt von Danzig
nach Kasachstan 1945 bis 1949

Herstellung und Verlag:
Books on Demand GmbH, Norderstedt
Februar 2008
Umschlagbild: Micaela Helemann
ISBN: 9783837028690

Als ich am 28. März 1945 um die Mittagszeit einen letzten Blick auf unser schönes Haus warf, das für mich der Inbegriff von Geborgenheit und Harmonie bedeutete und noch bedeutet, ahnte ich gottlob nicht, dass das Kapitel meiner glücklichen Jugend nun endgültig abgeschlossen war.

Auf der Treppe vor der großen Haustür stand meine Großmutter, die das Entsetzliche unserer Situation gar nicht begriffen hatte, und rief: „Komm sofort zurück, wo willst du denn hin?"

Der russische Posten und der rothaarige Kommissar, die uns, meinen Vater mit vieren seiner Töchter, begleiteten, hatten uns nach einigen kurzen Verhören versichert, wir müssten für zwei Stunden von zu Hause fort, um unsere Papiere in Ordnung zu bringen. Wir kannten die russischen Versprechungen nicht, und darum glaubten wir ihnen. Nicht einmal ein Stück Brot durften wir einstecken. So, wie wir gingen und standen, verließen wir das Haus, das wie durch ein Wunder von Bomben und Artilleriebeschuss fast völlig verschont geblieben war. Meine Mutter mit den beiden jüngsten Kindern blieb allein zurück.

Die letzten Wochen in Danzig waren furchtbar gewesen. Die Bombenangriffe zwangen uns, im Keller zu hausen, zusammen mit mehreren Flüchtlingsfamilien aus Ostpreußen, die bei uns Unterschlupf gefunden hatten. So gut es ging, hatten wir uns in einem Raum häuslich eingerichtet. Etwas beengt, denn wir waren acht Personen, aber doch voller Hoffnung, dass dieser Zustand bald ein Ende haben würde. Solange es noch Strom gab, hörten wir die ausländischen Sender, die berichteten, wie es um Danzig wirklich stand. Die deutschen Sender erzählten das Märchen von den siegreichen Rückzugsgefechten und wiederholten ständig die Phrase vom Ausharren und Verteidigen bis zum letzten Mann, während die Phrasendrescher selbst ihre Koffer längst gepackt hatten, wenn sie nicht schon endgültig entschwunden waren.

Später fiel auch der Strom aus, aber da brauchten wir die Nachrichten auch nicht mehr, besagte doch der unaufhörliche Artilleriebeschuss, wo die Russen sich befanden. Schlimmer wurde es, als es auch kein Wasser mehr gab. Es war lebensgefährlich, Wasser zu holen. Die russischen Flieger flogen dicht über den Häusern hin und nahmen einzelne Personen aufs Korn. Die Geschosse schlugen auf das Kopfsteinpflaster mit dem Geräusch von Ping-Pong-Bällen, und wir bewegten uns, nur von Haustür zu Haustür springend, vorwärts. Das war mit vollen Wassereimern kein ganz einfaches Unterfangen.

Gas gab es auch nicht mehr, und wir kochten provisorisch mit Holz und Kohlen.

In den Straßen liefen Pferde herum, um die sich niemand kümmerte. Wenn sie tot waren, lagen sie mit aufgequollenen Bäuchen, alle Viere anklagend zum Himmel gestreckt, auf dem Rücken. Trotz alledem hatten wir unseren Galgenhumor nicht verloren und hofften, dass alles doch noch ein gutes Ende nehmen werde.

Mein Vater war Kaufmann und besaß drei Textilgeschäfte in Danzig. Nachdem wir im Radio gehört hatten, dass Danzigs Lage aussichtslos sei, beschlossen wir als echte Töchter Evas, uns noch etwas recht Hübsches zum Anziehen zu holen, nun natürlich ohne Bezugsschein.

Ich besinne mich noch an eine blaue, seidene Bluse mit kleinen, weißen Kirschen darauf, die mir ganz besonders gefiel, und die ich voller Freude nach Hause brachte – um sie auch nicht ein einziges Mal anziehen zu können.

Die schönen Linden vor unserem Haus wurden abgeschlagen und zu Panzersperren verarbeitet. Ich musste weinen, als ich das sah, denn gerade diese Linden, die im Sommer so herrlich dufteten und von Bienen umsummt waren, liebte ich so sehr.

Wenn ich geahnt hätte, um was ich noch alles würde weinen müssen, hätte ich mir wohl meine Tränen gespart. Die Panzersperren wurden später von den russischen Panzern wie Streichhölzer zerknackt.

Durch die nächtlichen Bombenangriffe brannte die Stadt an allen Ecken und Enden. Der rote Schein war so hell, dass man hätte Zeitung lesen können. Wenn in der Nähe unseres Hauses eine Bombe herunterging, zerbarsten die Fensterscheiben und man hatte das Gefühl, als ob das Haus schwanke. Der Luftdruck blies die Kerzen aus und wir hockten alle dicht beieinander, weil wir, wenn, dann gemeinsam sterben wollten.

Ich war Luftschutzwart, denn ich hatte einen Luftschutzkursus absolviert. Ab und an ging ich nach oben, um zu sehen, ob alles in Ordnung sei. Ehrlich gesagt, tat ich das nur aus Neugier. Meine Mutter schwebte in Todesängsten, wenn ich aus dem Keller entschwand, um das Geschehene von oben aus zu beobachten. Wenn wirklich eine Bombe gefallen wäre, hätte ich außer Hilferufen nichts Bemerkenswertes von mir geben können.

Am Tage der unentwegte Beschuss der russischen Artillerie, nachts die Bombenangriffe – wir waren langsam mürbe geworden und irgendwie erleichtert, als in der Nacht zum 28. März brüllende Lautsprecher in deutscher Sprache verkündeten, dass die Russen in Danzig seien.

Nun war die unabwendbare Entscheidung gefallen, und das Schicksal nahm seinen Lauf. Die Tage vorher hatten die Russen rosafarbene Flugblätter fallen gelassen, die Überschrift trugen „Eintrittskarte ins Paradies". Was für ein Paradies das war, sollten wir bald erfahren.

Es war auf einmal ganz still geworden. Eine wirkliche Totenstille an diesem warmen Vorfrühlingstag im März, den ich in meinem ganzen Leben nie vergessen werde. Innerhalb von Stunden war die Stadt überschwemmt von den gedrungenen, graubraunen Gestalten, die jeder Selbstverständlichkeit unserer Zivilisation so hilflos gegenüberstanden wie ein Baby einem Radioapparat. Sie drehten an den Lichtschaltern mit einer Vorsicht, als ob sie mit Dynamit geladen seien. Meine kleine Reiseschreibmaschine wurde auf alle Fälle erst einmal zertrampelt.

Meine Mutter sollte die in die Holzverkleidung der Wände eingearbeiteten Wandschränke, von denen man nur das Schlüsselloch sah, sofort aufmachen. Als ihr das, ihre Hände zitterten, nicht gleich gelang, wurde das schöne Holz mit dem Gewehrkolben zerschlagen. Dass das Rosenthal-Porzellan, das in den Schränken stand, gleich mit kaputt ging, spielte keine Rolle.

Als erstes waren natürlich die Uhren fort. Wir durften das Haus, das am Stadtrand lag, nach kurzer Zeit nicht mehr verlassen. Ein Posten mit geschultertem Gewehr stand davor und ließ niemand heraus. Ein Kommissar war aufgetaucht und begann sofort mit den Verhören. Die Grundfrage war die, ob wir Parteigenossen und Kapitalistenschweine seien oder nicht. Dass wir zu letzteren gehörten, war nicht zu übersehen, dass wir ersteres nicht waren, ließ sich nicht beweisen.

Währenddessen hatten es sich die Soldaten gemütlich gemacht. Einer saß auf der Treppe, zwischen seinen gespreizten Beinen einen Tontopf mit Marmelade, aus dem er mit beiden Händen aß. Ein anderer hatte eine Flasche Kölnisch Wasser erwischt und begoss damit jeden, der an ihm vorbeikam. Die russischen „Damen" besichtigten unsere Garderobe, das heißt, sie rissen alles aus den Schränken und warfen es auf die Erde. Ekelhaft sahen diese Flintenweiber aus.

In der Küche ging es hoch her. Muttis mühsam gesparte Vorräte wurden dort in großen Töpfen verarbeitet. Wir bekamen natürlich nichts. Vor Aufregung hätten wir auch nichts essen können. Kurze Zeit darauf fuhren Lastwagen vor und luden alles Transportable auf, in Tischtücher gewickelt.

Als wir das Haus verließen, die Sonne schien an diesem Tag warm vom Himmel, erhielten wir nicht einmal die Erlaubnis, uns zu verabschieden. Erst später bemerkte meine Mutter, dass wir fort waren. Wir gingen, der Posten mit schussbereitem Gewehr hinter uns, über die Eisenbahnbrücke von Petershagen in Richtung Ohra.

Überall lagen tote Menschen und tote Tiere. Ab und zu pfiff etwas durch die Luft, ich glaube, es waren Artilleriegeschosse. Die Russen warfen sich hin.

Uns drang die Ahnung einer Gefahr gar nicht ins Bewusstsein. Wir hatten von einem Augenblick zum anderen schon zu viel verloren, da war die Angst einfach nicht mehr da. Unser trübseliger Zug vergrößerte sich langsam, andere Menschen und andere Posten kamen dazu. Die Russen, die überall herumliefen, suchten nach Uhren und nach Stiefeln und wollten Mädchen aus unseren Reihen herauszerren.

Wie staunte ich da über unseren hässlichen, rothaarigen Kommissar, den ich bei uns im Haus beobachtet hatte, wie er sich vor einem großen Spiegel hin und her drehte, Gesichter schnitt und von seinem eigenen Anblick anscheinend ganz entzückt war. Er bewachte uns fürsorglich. Wahrscheinlich musste er eine bestimmte Anzahl Menschen abliefern und jagte alle Soldaten fort, die sich an uns heranmachen wollten.

Wie lange wir marschiert sind, weiß ich nicht mehr. Wir hatten seit dem vorigen Abend nichts mehr gegessen und fühlten uns schwach in den Beinen. Es ging an einer Kirche vorbei, in der die Russen auf einem Altar saßen und aßen.

Mein Vater ging am Ende des Zuges, und so oft es ging, liefen wir Schwestern nach hinten, um ihn zu sehen. Am Abend kamen wir in ein Haus, das von seinen Bewohnern verlassen war. Zerschlagene Möbel, zerbrochene Fensterscheiben, Wäsche im Schmutz: Überall das gleiche Bild der Zerstörung. Zuerst mussten wir uns im Kreis aufstellen und die Arme hochheben. Ich war fest überzeugt, dass sie uns jetzt zusammenschießen würden. Aber die durchsuchten nur noch einmal alle Taschen. Was sie zu finden hofften, weiß ich nicht. Später hockten wir dichtgedrängt beieinander in einem kleinen Raum. Liegen konnte man nicht, so gern wir es getan hätten.

Man hatte Männer und Frauen getrennt. Mein Vater mogelte sich, mit einem Tuch um den Kopf als Frau verkleidet, bei uns ein. Als es Nacht war, fingen wieder die Verhöre an. Ab und an tauchte ein Russe mit einer Taschenlampe in der Hand bei uns auf, um sich Frauen und Mädchen zu holen, deren furchtbares Geschrei man dann aus den Nebenräumen hören konnte. Ich wagte während der Nacht nicht einmal mit dem Kopf unter einem Tuch hervorzukommen und hatte nur Sorge, dass ich mich durch das Zittern meines ganzen Körpers doch noch verraten könnte.

Die Füße waren wundgescheuert, und als es am nächsten Tag weiterging, war das Gehen eine Qual. Mit der Zeit gewöhnten wir uns an das Marschieren sowie an viele andere Dinge. Zuerst konnte ich es nicht über mich bringen, mich irgendwo hinzusetzen, wenn es eine Marschpause gab. Später ließ ich mich fallen, wo Halt gemacht wurde, ob es auf dem bloßen Fußboden oder im Dreck war. Wir hatten weder Kamm noch Zahnbürste, keine Seife und ohnehin keine Gelegenheit, uns zu waschen. Meinem Vater wuchs der Bart, und er sah nach kurzer Zeit wie ein Räuber aus. So ging es weiter.

Oft regnete es, wir froren und hungerten. Am schlimmsten war der Durst, die Sorge um die Mutter, die zu Hause geblieben war, und die Angst, nachts auch einmal von diesen unmenschlichen Kreaturen herausgezerrt zu werden. Wie durch ein Wunder ist mir dieser schrecklichste der Schrecken während der viereinhalb Jahre meiner Gefangenschaft erspart geblieben.

Nach ein paar Tagen wurden wir von zwei meiner Schwestern getrennt. Wir drei, mein Vater, Helga und ich, kamen, vielmehr marschierten wir, nach Matzkau, einem früheren SS-Straflager. Wer unterwegs nicht mitkam, wurde, wenn er nach einigen Kolbenschlägen nicht aufstand, erschossen. Manchmal bekamen wir von Leidensgenossen ein Stückchen Brot geschenkt. Unseren Durst stillten wir an Pfützen auf der Straße. Sobald die Posten es sahen, kamen sie gelaufen, um uns daran zu hindern. Sie fürchteten wohl, es könnte eine Seuche ausbrechen. Aber zu trinken gaben sie uns nichts. Sie hatten wahrscheinlich selber nichts. So tranken wir weiter aus Pfützen, sobald die Posten den Rücken gekehrt hatten. Erstaunlicherweise wurden wir nicht krank. Es war Anfang April und noch nass und kalt. Wir schliefen in durchnässten Kleidern und Schuhen, die wir nirgends trocknen konnten. Wir kamen wochenlang nicht aus den gleichen Sachen, übernachteten auf der bloßen Erde, oft im Freien, und blieben trotzdem gesund.

Mit uns marschierte die Frau eines Danziger Fabrikanten. Blond gefärbt und sehr gepflegt, holte sie bei jeder Rast ihr Toilettenköfferchen hervor, das ihr Mann für sie trug. Später warf er es trotz heftigen Protestes fort, weil er einfach zu schwach zum Tragen war. Sie hatte drei Pelzmäntel bei sich und einen Foxterrier, den sie mit ihren Essvorräten fütterte, während sich bei uns beim Zusehen vor Hunger der Magen zusammenzog.

In Matzkau war schon ein ganzer Haufen von Elendsgestalten, wie wir es waren, versammelt. In dem Raum, in den wir gesteckt wurden, war so viel Platz vorhanden, dass wir uns hinlegen konnten, und das fanden wir beinahe komfortabel. Um das Lager war ein Zaun mit elektrisch geladenen Drähten, der zwar an einigen Stellen kaputt war, dort aber von russischen Posten bewacht wurde.

Trotzdem ist es meinem Vater später gelungen, von dort auszurücken, einige Tage nachdem man

Helga und mich nach Graudenz abtransportiert hatte. Für uns war ein Ausrücken sinnlos, denn die ganze Gegend wimmelte von russischen Soldaten. Hier im Lager hatten wir doch einen gewissen Schutz, denn wenn nachts das berüchtigte „Frau komm mit" ertönte, schrieen wir so fürchterlich um Hilfe, dass die Russen es vorzogen, wieder zu verschwinden. Anscheinend war das Vergewaltigen hier offiziell untersagt. Was inoffiziell geschah, das steht auf einem anderen Blatt.

Jeden Tag gab es einen Teller Suppe, die in der großen Lagerküche außerhalb der Baracken gekocht wurde. Nachts wurde immer ein Trupp Mädchen zum Kartoffelschälen geholt. Einmal war ich auch dran. Wir gingen im Stockfinsteren durch das Gelände zur Küche. Plötzlich ein furchtbares Schreien, und ein paar Unglückliche wurden zur Seite gezogen. Das war inoffiziell. Die halbzerschossene Küche war eiskalt, der Steinfußboden mit einer dicken Schicht Schmutz bedeckt.

Wir bekamen Messer in die klammen Hände gedrückt, und ich schälte, bis ich Blasen an den Fingern hatte. Der Koch, ein Pole, vermittelte für Zigaretten Mädchen an die russischen Offiziere. Der Handel wurde ganz offen vor unseren Augen ausgetragen. Er bekam die Zigaretten in die Hand gedrückt und suchte ohne Zögern seine Opfer aus, die er zur Tür zerrte und in die Nacht hinausstieß, wo sie von den Russen in Empfang genommen wurden. Die sanitären Verhältnisse waren grauenvoll. Ein paar Gruben, darüber Bretter, stellten die Klos dar. Nach allen Seiten freie Sicht, Frauen und Männer durcheinander. Niemand konnte es sich leisten, schamhaft zu sein. Viele hungerten, viele hatten Durchfall. Die Zuckerkranken starben am Fehlen von Insulin. Man war so gleichgültig geworden dem Tod gegenüber. Wenigstens gab es Wasser, um sich zu waschen.

Jeden Morgen trafen wir uns mit meinem Vater an dem kaputten Brunnen, aus dem wir uns das Wasser in Blechbüchsen herausholten.

Dann wurde Helga krank. Sie bekam furchtbaren Durchfall, und ich brachte sie in das eben eingerichtete Lazarett, das aus ein paar Betten und aus einem russischen Arzt bestand. Dieser kümmerte sich auf mein Flehen hin um meine Schwester. Ihr Herz war sehr schwach, und ich hatte große Angst, dass sie sterben könnte.

Nachdem wir ungefähr 14 Tage in Matzkau verbracht hatten, fuhren eines Morgens in aller Frühe Lastwagen vor. Wir wurden aus den Baracken geholt und mussten uns zum Abtransport aufstellen. Helga lag noch im Lazarett. Ich durfte nicht fort, um ihr und meinem Vater Bescheid zu sagen. Plötzlich tauchte sie auf, so schwach, dass sie kaum gehen konnte, aber fest entschlossen, mit mir zusammenzubleiben. Später erzählte sie mir, eine innere Stimme hätte ihr gesagt, sie müsse sofort aufstehen und zu mir gehen, und das hat sie dann auch getan. Heimlich natürlich, denn vermutlich hätte der Arzt sie nicht fortgelassen. Nachdem wir abgefahren waren, ist es meinem Vater ähnlich ergangen. Vielleicht war es sein Schutzengel, der ihm sagte, dass er unbedingt das Lager verlassen müsse, und zwar an einem ganz bestimmten Abend. Wie durch ein Wunder entkam er aus dem streng bewachten Lager. Später erfuhr er, dass am nächsten Tag alle Leute aus seiner Baracke nach Russland gebracht worden waren. Es gelang ihm, sich zu meiner Mutter nach Danzig durchzuschlagen. Die Jahre einer russischen Gefangenschaft hätte er nicht lebend überstanden. Als ich ihn das letzte Mal sah, war er nur noch ein Schatten seiner selbst.

Wir saßen zusammengedrängt in mehreren Lastwagen. Keiner wusste, wohin es ging. An einen Abtransport nach Russland dachte niemand. Bevor wir in Graudenz, im Gefängnis, unserer letzten Sammelstelle vor der Abfahrt nach Russland, landeten, übernachteten wir noch einmal in einem großen, zerschossenen Haus. Wir schliefen wie üblich auf dem Fußboden. Es war eiskalt und durch die zerschlagenen Fensterscheiben blies ein schneidend kalter Wind. Ich kringelte mich vollkommen zusammen, um möglichst viel Wärme zu erhalten. Irgend etwas wurde über den Kopf gezogen, vielleicht um ein Gefühl der Geborgenheit zu erzeugen. Die Posten und eine Dolmetscherin hatten es sich auf einem großen Tisch, dem einzigen Möbelstück dieses Raumes, bequem gemacht. Sie hatten ein Federbett organisiert und aßen Sauerkraut. Ich beneidete sie nur um das Federbett, denn für mich ist frieren schlimmer als hungern. In der Nacht ließ uns einer der Posten keine Ruhe, er hatte bei einem Mädchen ein Paar Stiefel gesehen, die er unbedingt haben wollte. Er lief von einem zum anderen und riss alle Sachen, mit denen wir uns bedeckt hatten, hoch, weil er die Stiefel darunter zu finden meinte. Dabei fluchte er grauenvoll.

Mit dem Mädchen, es war vielmehr eine junge Frau, war ich auch in Russland noch öfter zusammen. Sie trug die Stiefel ihres Mannes. In Russland lagen wir beide mit Flecktyphus im Lazarett. Sie musste – oder durfte – sterben, während ich noch harte Jahre durchzustehen hatte. Nach meiner Heimkehr wurde ich die Frau des Mannes, dessen Stiefel sie in jener Nacht so erfolgreich versteckt hatte.

In Graudenz blieben wir etwa drei Wochen. Wir lagen auf Pritschen, ohne Matratzen, aber immerhin nicht auf dem Fußboden. Einmal am Tage wurden wir auf den Hof geführt. Wir mussten die Hände auf dem Rücken halten und wurden bewacht wie Sträflinge oder Zuchthäusler. Die Kranken, die meistens Ruhr oder Typhus hatten, lagen im Vorhof des Gefängnisses auf den blanken Pflastersteinen. Sie waren zu schwach, um aufzustehen, und jammerten nach Wasser. Doch niemand kümmerte sich um sie. Die einzige Betreuung, die ihnen zuteil wurde, bestand darin, dass ihnen die Köpfe kahlgeschoren wurden.

Im Gefängnishof gab es mittags einen Teller mit Wassersuppe, in der ein paar Graupen schwammen, und ein Stückchen Schwarzbrot. Nach dem Essen führte uns ein Posten mit dem Gewehr im Anschlag zu einem Graben, damit wir unsere Bedürfnisse verrichten konnten. Zuerst konnte ich nicht, später, es blieb uns ja nichts anderes übrig, gewöhnten wir uns auch daran. In dem Raum, in dem wir untergebracht waren, gab es einen Eimer, der entsetzlich stank, der für die Durchfallkranken aber unentbehrlich war.

In Graudenz bekam ich meine ersten Kleiderläuse. Ich hatte eine rote Strickjacke an, auf der ich ein paar Pünktchen entdeckte, die ich für Schmutz hielt und vergeblich abzuklopfen versuchte. Man klärte mich dann auf, dass dies die Eier der Kleiderläuse seien. Ich hatte noch nie in meinem Leben eine Laus gesehen. Diese Wissenslücke wurde von nun an gründlich beseitigt. Wir hockten täglich mehrere

Stunden auf den Pritschen, um uns gegenseitig die Kopfläuse abzusuchen. Mit den Kleiderläusen beschäftigte sich jeder selbst. Sie bissen ganz schauderhaft und vermehrten sich so unheimlich schnell, dass es uns nie gelang, sie ganz zu tilgen.

Trotz all des Furchtbaren hatte ich nie das Gefühl, zufällig einem schrecklichen Schicksal preisgegeben zu sein. Mein unbedingtes Vertrauen zu Gott war durch nichts zu erschüttern. Den Hunger merkte ich kaum noch. Der Magen hatte sich irgendwie darauf eingestellt, und wenn es möglich war, drückte ich mich vor den mittäglichen Ausgängen in den Hof. Ein Posten ging dann durch die Räume, um auch die Zurückgebliebenen auf den Hof zu treiben. Ich versteckte mich unter allerlei Kleidungsstücken auf der Pritsche und wurde nie entdeckt. Nur etwas wacklig auf den Beinen wurde ich mit der Zeit.

Ebenso plötzlich wie unsere Abfahrt aus Matzkau, die Russen machen alles plötzlich und möglichst in der Nacht, vielleicht ist das eine Taktik von ihnen, ging es fort von Graudenz zu einem schwer bewaffneten Güterzug. Gottlob kam ich mit Helga zusammen in einen Waggon. In Graudenz waren wir getrennt gewesen. Wir wurden in einen Viehwaggon verfrachtet, in dem in halber Höhe Bretter als Schlafstellen angebracht waren. In der Mitte war ein kleiner freier Raum, in dem ein Öfchen stand. Geheizt wurde aber nie. Wir waren vielleicht vierzig Mädchen und Frauen in diesem Waggon. Es war natürlich furchtbar eng, aber die Posten meinten, wenn unterwegs welche stürben, hätten wir mehr Platz, womit sie vollkommen recht hatten. Nun begann die schrecklichste Fahrt meines Lebens. Ich litt sehr unter der Kälte. Durch alle Ritzen des Waggons pfiff der Wind, und wir besaßen weder Tücher noch Decken, um uns zu wärmen. Unser WC bestand aus einer Blechrinne, die nach draußen führte. Dort herrschte ein fürchterlicher Gestank, so dass niemand in der Nähe schlafen wollte. Weil aber der Platz so eng war, musste immer einer abwechselnd daran glauben. Später legten wir ein Mädchen dorthin, das während der Fahrt den Verstand verloren hatte und gar nicht merkte, wo es sich eigentlich befand. Das klingt grausam, war aber in unserer Situation das Gegebene.

Helga und ich besaßen zusammen ein Paar schöne rote Fausthandschuhe mit Norwegermuster, die wir nachts als Matratze benutzten, jeder einen. Wir bildeten uns wirklich ein, damit wärmer zu liegen. Zuerst hatten wir auf dem Boden des Waggons unseren Platz. Mit einer alten Nagelfeile, die ich gefunden hatte, vergrößerte ich eine der Ritzen in der Seitenwand, um hinaussehen zu können. Das tat ich stundenlang, denn wir hatten ja den ganzen Tag Zeit. Einmal am Tage wurden eine Suppe gegeben und ein paar Stückchen Knäckebrot; es war aus

Wehrmachtsbeständen. Schrecklich war der Durst. Wanda, eine dicke Deutschpolin, die mit dem Posten gut befreundet war, erbettelte manchmal einen Topf mit Wasser aus der Lokomotive, das zwar warm und ölig schmeckte, aber von allen, die etwas davon erreichen konnten, gierig getrunken wurde. Wenn der Zug hielt, bekamen wir von Kindern, die uns neugierig anstarrten, Schnee durch die Türritze hereingeschoben, den wir im Munde zergehen ließen. Jeden Morgen steckte ein Posten den Kopf zu uns herein und fragte:

„Frau kapuut?" Das war unsere ärztliche Betreuung. Gegebenenfalls wurde die Leiche herausgeholt und auf den Bahndamm geworfen.

Die Frau des Danziger Fabrikanten war auch bei uns im Waggon. Wo ihr Mann abgeblieben war, wusste sie nicht. Auch der Terrier war verschwunden, nur ihre drei Pelzmäntel hatte sie noch. Wer sie am Tage bediente, das heißt dafür sorgte, dass sie zu essen und zu trinken hatte, durfte sich nachts mit einem der Mäntel zudecken. Helga und ich haben es auch einmal getan, und wir schliefen wunderbar warm unter dem Mantel. Einmal erlaubte mir Wanda auch, bei ihr zu schlafen. Sie hatte allerlei warme Sachen, um sich nachts eine Art Bett zu bereiten. Man kann sich kaum vorstellen, mit welcher Begeisterung ich in Wandas dicke Arme schlüpfte, um dort warm und weich zu schlafen, obwohl die

Gute uns alle an Schmutz noch bei weitem übertraf. Von ihrem Posten bekam sie des öfteren ein bisschen Zucker, den er ihr wohlaufgehoben in seiner Militärmütze überreichte. An dem Morgen bekam ich auch ein Häppchen von Wandas Vorräten.

Die Posten waren sehr verschieden zu uns, manche gehässig, andere freundlicher, wenige sogar wirklich menschlich. Derjenige, der sich allmorgendlich mit dem Spruch „Frau kapuut?" bei uns einstellte, war ekelhaft. Manchmal baten wir ihn, er möge doch die Waggontür ein wenig offen lassen, damit wir etwas frische Luft bekämen. Als Antwort schob er die Türe mit voller Kraft wieder zu, dass es knallte. Einmal hatte er nicht schnell genug seine Hand fortgezogen und klemmte sich einen Finger ein. Da haben wir uns mächtig gefreut.

Aus allen Schichten der Bevölkerung, meist von der Straße fort, hatten die Russen Leute requiriert. Oft waren Frauen mitgezerrt worden, die ihre kleinen Kinder wildfremden Menschen überlassen mussten. Viele Mütter waren freiwillig mit ihren Töchtern mitgegangen, um sich nicht von ihnen trennen zu müssen. Später sind dann meistens die jungen Mädchen gestorben und die Mütter blieben allein ihrem Schicksal überlassen.

Gisela, die Tochter des Zopotter Kurhausdirektors, hatte ihre sterbende Mutter in Graudenz zurücklassen müssen. Sie hatte langes, schwarzes, lokkiges Haar und sah aus wie Schneewittchen. Ich musste sie immer ansehen. In einem Rucksack hatte sie noch allerlei Essbares bei sich und war erheblich besser bei Kräften als Helga und ich. Aber sie wollte nicht leben. Anfangs jammerte sie immer nur leise vor sich hin, später fing sie an zu schreien und trommelte mit den Fäusten gegen die Waggonwände. Sie schrie: „Ich will sterben, lasst mich zu meiner Mutter!" Es war furchtbar anzusehen, zumal wir keine Möglichkeit hatten, ihr zu helfen.

Zu Ende der Fahrt hin, ich glaube wir fuhren drei Wochen, wurde Gisela krank. Ich weiß bis heute nicht, was für eine merkwürdige Krankheit sie hatte. Sie erbrach unentwegt Schleim, und da wir keine Gefäße hatten, spuckte sie in ihre sämtlichen Kleidungsstücke, die nach und nach den ganzen Rucksack füllten. Kurz nach Ankunft in Kasachstan im Mai ging Giselas Wunsch in Erfüllung, und sie konnte zu ihrer Mutter, die wohl schon längst von ihren Leiden erlöst war.

Ich hockte fast immer an meiner Waggonritze und ließ die endlos weite, trostlose Landschaft an mir vorüberziehen.

Je weiter wir nach Osten kamen, um so trostloser sah es aus. Oft lag noch Schnee, und überall sah man die Verwüstung des Krieges. Dass es nach Russland ging, war jetzt selbst den größten Optimisten klargeworden.

Von dem ständigen Hocken und Sitzen in der frischen Luft, hin- und hergehen durften wir während der ganzen Fahrt nur ein einziges Mal, waren die Beine ganz steif geworden. Manchmal hielten wir an kleinen Bahnhöfen, aber immer nur nachts.

In einer Nacht hieß es plötzlich, wir hätten Moskau erreicht. Sehen konnte ich bis auf einen von ein paar Glühbirnen schwach erleuchteten Güterbahnhof nichts. Die Posten rissen die Türen auf und schrieen: „Alles aussteigen", mit dem üblichen „Dawei, Dawei" und „Bistra, Bistra". Wir waren erschrocken, wusste man bei der Unberechenbarkeit der Russen doch nie, was einem blühte. Dann stellte sich heraus, dass wir zum Baden und Entlausen gehen sollten.

Nötig war es bestimmt, denn während der ganzen Zeit in Graudenz und auch während der Fahrt hatten wir uns nicht ein einziges Mal waschen können. Das Wasser reichte nicht einmal aus zum Trinken. Die Badeanstalt war grau, groß und kalt. Jede von uns bekam ein winziges Stückchen Seife in die Hand gedrückt, das mehr Sand als Seife enthielt, denn es schäumte überhaupt nicht. Wir mussten uns ausziehen und die Kleider zum Entlausen abgeben. Nun standen wir frierend in dem kalten Baderaum und mussten eine Stunde warten, ehe das

Wasser angestellt wurde. Erst einmal kamen die russischen Offiziere, um unsere elenden Gestalten zu begutachten. Abschätzend betrachteten sie uns von oben bis unten; vielleicht meinten sie, die deutschen Frauen seien anders gebaut als die russischen. Wie froh waren wir, als endlich das Wasser kam und wir uns einmal richtig waschen konnten. Leider wurde das Wasser nach kurzer Zeit wieder abgestellt. Jeder suchte seine Sachen. Wer noch anständige Kleider besessen hatte, bekam sie nicht wieder zurück und musste sich mit dem begnügen, was übriggeblieben war. Wie oft ist das später noch passiert, und in solchen Augenblicken war ich froh, nur so wenig zu besitzen. Nach dieser Reinigungsaktion wurden wir wieder in die Waggons getrieben, und die Fahrt konnte weitergehen.

Helga und ich zogen nun in die oberen Pritschen, in der Hoffnung, dort etwas weniger zu frieren. Bei unserer körperlichen Verfassung war es nur schwierig, von oben herunter zur „Rinne" zu gelangen. Ich hatte Durchfall bekommen, und Helga schleppte mich, auch manchmal nachts, dorthin. Man konnte natürlich nichts sehen und musste ganz vorsichtig gehen, um nicht auf die anderen zu treten, die unten schliefen.

Eines Tages hielt der Zug mitten in der Steppe. Soweit das Auge reichte, flache Hügel, die sich wellenförmig dahinzogen, kein Baum, kein Strauch. Wir waren am Ziel.

Beim Aussteigen gingen wir in die Knie. Viele blieben vor Schwäche einfach liegen. Es war im Mai, das Wetter war schön, und wir befanden uns in Kasachstan, in der Nähe des kleinen Dörfchens Kimpersai.

Unser Barackenlager, das die Zahl 1090 trug, war erst am Vortage von Ukrainern verlassen worden, die man in der Umgebung verteilt hatte. Die Erde um das Lager war aufgeweicht und lehmig, und nur mit Schaudern betrachtete ich die trostlosen Barakken, die nun unser Zuhause sein sollten. Aber die Russen ließen uns nicht lange Zeit zum Nachdenken. Mit dem gewohnten „Dawei, Dawei" ging es zum Badehaus. Der Läuse wegen wurden uns erst einmal alle Körperhaare abrasiert, von Männern natürlich. Für irgendwelche Gefühle der Scham hatten sie nicht das geringste Verständnis.

Später wurden wir in die Baracken gebracht. Helgas und mein Bestreben war immer nur, zusammenzubleiben, und das war oft schwierig. Inzwischen war es Nacht geworden. Wir bekamen noch einen Teller Suppe und gingen dann auf die uns zugewiesenen Pritschen. Eine helle Glühbirne ohne Schirm brannte an der Decke. Das grelle Licht störte uns sehr, wir durften es aber nicht ausmachen. Es dauerte lange, bis ich mich daran gewöhnt hatte. Wir lagen zu dritt auf Pritschen, die nur für zwei bestimmt waren, und man musste verdammt aufpassen, dass man nicht herunterfiel. Als später so viele starben, gab es mehr Platz.

Erst einmal hatten wir vier Wochen Quarantäne. Das Lager war von einem doppelten Stacheldraht umgeben, und an allen vier Ecken standen auf einem Holzgerüst Postenhäuschen. Nachts wurden Scheinwerfer eingeschaltet.

Ich weiß nicht, warum sie uns eigentlich bewachten; wir waren viel zu geschwächt, um zu fliehen. Wo hätten wir auch hin sollen in dieser endlosen Weite?

Wenn man sich dem Stacheldraht näherte, schrien die Posten irgendwelche Flüche. Männer und Frauen waren damals noch durch einen hohen Zaun voneinander getrennt.

Wir entdeckten an diesem Zaun einen Onkel von uns aus Danzig, von dessen Anwesenheit wir keine Ahnung gehabt hatten. Wie groß war da die Freude des Wiedersehens! Am Abend sprachen wir miteinander durch den Draht hindurch und brachten uns gegenseitig ein Stückchen Brot als Geschenk mit. Später kam er in ein anderes Lager und ist erst nach mir aus Russland nach Hause gekommen.

Während der Quarantänezeit mussten wir die Baracken in Ordnung halten, das heißt, den Holzfußboden mit kleinen Holzstückchen abkratzen, eine beliebte Art der Reinigung bei den Russen, die immer wieder verlangt wurde. Entdeckten die Russen bei einer der vielen Besichtigungen irgendwo Schmutz, und das kam natürlich leicht vor, denn draußen lag dicker Lehm, und Fußmatten waren natürlich nicht vorhanden, wurde uns ein großer Vortrag über die deutsche Kultur und die mangelnde Reinlichkeit der deutschen Frau gehalten.

Eines Abends wurde eine Kinovorstellung angekündigt, und das gesamte Lager draußen auf den freien Appellplatz beordert. Dann zeigte man uns mit entsprechenden Erklärungen Lichtbilder aus den deutschen Konzentrationslagern. Die Bilder waren grauenvoll, und die Russen betonten dabei, dass sie doch sehr viel humaner seien als das deutsche sogenannte Kulturvolk. Was konnten wir darauf erwidern?

Auch draußen wurden wir beschäftigt. Wir mussten mit weißen Steinchen Hammer und Sichel legen. Die Steinchen wurden aufgesammelt, an einer Stelle verlegt, um am nächsten Tage woanders von Neuem zu dem gleichen Muster angeordnet zu werden. Wir verfertigten Besen und fegten den Hof, ich glaube hundertmal am Tage. Nachts wurden wir oft aus den „Betten" geholt und mussten uns im Mittelgang der Baracke aufstellen, während die Posten unsere Lagerstätten nach brauchbaren Gegenständen absuchten. Da gab es dann immer die Sorte von Mitmenschen, die es nicht mit ansehen konnten, wenn andere noch etwas hatten, und die den Posten halfen, an die Sachen heranzukommen, die ihnen entgangen waren. Ich habe diese Menschen nie verstehen können. Sie wurden von den Russen ausgenutzt und verachtet.

Einmal war große Versammlung auf dem Appellplatz. Dieser Appell fand eigentlich jeden Morgen und jeden Abend statt, wobei alle Gefangenen namentlich aufgerufen wurden. Aber dieses Mal gab es einen besonderen Anlass: Mehrere von den halbverhungerten Männern, die zur Küchenarbeit herangezogen waren, hatten gemeinsam Fleisch gestohlen. Sie mussten, jeder mit einem Schild um den Hals, auf dem geschrieben stand „Ich habe das Fleisch meiner Kameraden gestohlen", die langen Reihen der Gefangenen passieren. Einige der Männer fühlten sich bemüßigt, diesen Wehrlosen, die zwar nicht richtig gehandelt hatten, aber doch aus dem furchtbaren Gefühl des Hungers heraus, ins Gesicht zu schlagen. Sehr zum Vergnügen der Russen, die mit Wohlgefallen diesem Schauspiel beiwohnten. Kurze Zeit nach diesem Ereignis wurde der Lagerkommandant, ein russischer Major, seines Postens enthoben, weil er einen Teil der Lebensmittel, die für uns bestimmt waren, unterschlagen hatte.

Nachdem die Zeit der Quarantäne vorbei war, begann die Arbeit. Alles, was irgendwie kriechen konnte, wurde jeden Morgen mit dem Lastwagen in die Steppe gebracht, wo Bahngleise verlegt wurden. Die russischen Chauffeure fuhren wie die Irrsinnigen. Wir standen dichtgedrängt und hatten keine Möglichkeit, uns festzuhalten. Da waren wir immer froh, wenn wir lebend unsere Arbeitsstätten erreichten. Wir wurden in Arbeitsbrigaden eingeteilt, und die jeweiligen Brigadeführer, bei uns waren es meist ältere Frauen, hatten dafür zu sorgen, dass alles klappte. Es wurden Erdwälle aufgeschüttet und Eisenbahnschienen gehoben und befestigt.

Inzwischen war es Sommer geworden. Die Sonne brannte sengend heiß vom Himmel, und nirgends gab es einen Schutz vor ihren mitleidslosen Strahlen.

Mittagspause an den Eisenbahnschienen

Wie ein silbernes Band,
wie ein silbernes Band
ziehst du durchs weite,
durchs einsame Land.
Oh könnte ich mit,
mein Gott, könnt ich mit! —
Ich schau dir nach
und tu keinen Schritt.

Die Sonne brennt heiß,
so erbarmungslos heiß!
Sie verbrennt den

vom Rücken rinnenden Schweiß.
Sie taucht die Steppe
in flirrendes Licht,
das sich, tausendfach funkelnd,
auf den Schienen zerbricht.

Nur das Lied der Lerche
steigt jubelnd empor,
hinauf in des Himmels
göttlichen Chor,
hinauf in der Sonne
glitzernden Glast,
die mit glühenden Händen
die Steppe umfasst.

Sonst ist alles still,
selbst der Posten Schreien
schläft in der Mittagshitze ein.
Ich träume von den Bäumen,
vom Meer vom Strand,
und schau voll Verlangen
die Schienen entlang.

Wir hatten alle Sonnenbrand. Auf meinem Rükken hatten sich große Blasen gebildet. Mittags kam ein Lastwagen mit dem Essen. Von unseren Posten bewacht, es waren damals Asiaten, die meistenteils recht gutmütig waren, aßen wir die Suppe und jubelten vor Freude, wenn wir ein Stückchen Fleisch,

„Sondermeldung" genannt, fanden. Einmal am Tag kam Wasser zum Trinken. Der Wasserwagen, besser gesagt, eine Tonne auf Rädern, von einem Kamel gezogen, brachte uns das sehnsüchtig Erwartete, auf das sich alle wie die Verdurstenden stürzten. Ich hatte ein altes Kochgeschirr gefunden, das mir die ganzen Jahre hindurch als Ess- und Trinkgefäß diente und mit dem ich mir das Wasser aus der hölzernen Tonne schöpfte. Am Abend kamen wieder die Lastwagen, um uns ins Lager zurückzubringen.

Nachdem die ersten Typhusfälle aufgetaucht waren, gab es Injektionen. Die Spritzen, natürlich viel zu wenig, waren alt und die Kanülen rostig. Jedenfalls gab es gleich danach große Beulen auf dem Rücken, die ekelhaft weh taten, und Fieber. Das Lazarett war überfüllt und dafür bekannt, dass man zwar lebendig hineinkommt, aber nur tot wieder heraus.

Die Kranken mit Ruhr, Typhus, Diphtherie und Gesichtsrose benutzten das gleiche WC wie die Gesunden. Oft brachen sie auf dem Weg dorthin zusammen und mussten wieder zurückgeschleppt werden. Ganz entsetzlich sahen die Gesichtsrose-Kranken aus. Ihre Gesichter waren dunkelrot aufgedunsen und ihre Augen eitrige Schlitze. Wir gingen ihnen aus dem Wege, voller Grauen über ihren Anblick. Furunkulose, Wasser in Beinen und Füßen, das galt nicht als Krankheit. Man arbeitete, solange es ging, und wer nicht mehr weiter konnte, hockte oder legte sich, von der Sonne gequält, ins Steppengras. Mittags kam mit dem Lastwagen, der uns das Essen brachte, der russische Arzt, um die Kranken zu inspizieren. Die meisten wurden dann wieder mit zurück ins Lager genommen, allerdings nur bis zum nächsten Morgen.

Ich hatte ein rot verschwollenes Knie und musste mich ab und zu ein wenig ausruhen. Helga machte dann auch meinen Arbeitsanteil, um ja die Norm zu erfüllen. Es gab sehr unangenehme Mitgenossinnen, die gemein und ausfällig wurden, wenn man nicht weiter konnte. Die Eisenbahnschienen waren glühend heiß, man konnte sie mit der bloßen Hand nicht anfassen.

Eines Tages bekam ein Mädchen, das neben uns arbeitete, einen Schwächeanfall, vielleicht war es auch ein Sonnenstich. Jedenfalls fiel sie vornüber mit der Stirn auf die Schienen und war sofort tot.

Doch für uns ging das Leben weiter. Meine einzige Freude waren die Lerchen, die hell jubilierend in den blauen Himmel stiegen. Sie brauchen keine Bäume, um zu nisten, sondern machen sich ihr Nest auf dem Boden. Daher fand man sie in der baumlosen Steppe.

Abends, wenn unsere Arbeit beendet war und die Lastwagen noch nicht kamen, um uns abzuholen, suchten wir im Steppengras nach kleinen, zwiebelähnlichen Gewächsen, die auch so schmeckten, und die wir zum trockenen Brot als angenehme Beigabe empfanden.

Es wurde immer heißer, das Steppengras sah gelb versengt aus, und rötliche Sandwolken fegten darüber hin. Manchmal sahen wir einen Sandwirbel, der sich wie rasend drehte und kilometerweit zu sehen war. Oft brannte die Steppe in der Nähe der Eisenbahnlinie. Die Funken, die aus dem Schornstein der Lokomotive kamen, entzündeten das ausgedörrte Gras. Dann mussten die Männer los, um mit Hacken und Schaufeln breite Gräben zu machen, die das Feuer daran hindern sollten, sich noch weiter auszubreiten. Manchmal war es unserem Lager schon bedrohlich nahe gekommen.

Als eines Tages auch mich der Typhus erwischte (dass es Typhus war, erfuhr ich erst später), war mein einziges Bestreben, ja niemand etwas von meiner Krankheit merken zu lassen, denn ich wollte unter keinen Umständen in das berüchtigte Lazarett. So kroch ich täglich mit Helgas Hilfe von meiner Pritsche, wir schliefen oben, und schleppte mich zum Lastwagen, um mit zur Arbeit zu fahren. Am Eisenbahndamm legte ich mich hin, und Helga deckte mich mit unseren Jacken zu, damit der Posten nichts merkte. Als ich nach kurzer Zeit nicht mehr stehen konnte und auch mit Helgas Unterstützung nicht mehr von der Pritsche kam, war es aus mit dem frommen Betrug, und ich musste ins Lazarett.

Mir war damals auch alles egal. Ich hatte mehr als 40 Grad Fieber und war sicher nicht mehr ganz klar im Kopf. Die gute Helga, die in Danzig als Rote-Kreuz-Schwester tätig gewesen war, meldete sich sofort als Schwester fürs Lazarett, um immer bei mir sein zu können. Da Schwester Elisabeth, die bis dahin das Lazarett geleitet hatte, gerade an Typhus gestorben war, wurde ihr Wunsch erfüllt. Im Lazarett lagen wir wieder so eng wie die Heringe.

In der ersten Nacht starb das Mädchen, das neben mir lag. Sie schlief ganz ruhig ein, aber wir waren so dicht zusammen, dass ich es trotzdem merkte. Am Morgen kam ihre Mutter, die freiwillig mit nach Russland gegangen war, um sie zu besuchen. An sich waren Besuche im Lazarett streng verboten, aber irgendwie hatte sie sich doch hereingemogelt. Furchtbar waren der Schmerz und die Verzweiflung, als sie merkte, dass ihr Kind nicht mehr lebte. Für uns, die wir im Lazarett lagen, war das Sterben nicht so schrecklich, denn wir erlebten es täglich. Wie friedlich schliefen sie alle ein, viel zu schwach, um sich gegen den Tod zu wehren!

Ich hatte überhaupt keine Angst vor diesem Sterben. Vielleicht habe ich es mir manchmal sogar gewünscht. Aber da war Helga, die mich immer wieder ins Leben zurückholte, die mich fütterte, mir Spritzen gab und mir die Läuse absuchte. Ja, auch das!

Obwohl jedem, der ins Lazarett kam, die Haare abgeschoren wurden, hatte ich sie behalten dürfen. Ich hatte so sehr um meinen Kopfschmuck gejammert, dass Helga sich aufmachte und die russische Ärztin anflehte, zu erlauben, dass ich meine Haare nicht zu opfern brauchte. Sie ließ sich unter der Bedingung erweichen, dass Helga dafür sorgen müsse, dass ich keine Läuse hätte.

Das war gar nicht so einfach, denn ich war zu schwach, um zu sitzen. So wurde ich immer von zwei Mädchen gehalten, während Helga meinen Kopf säuberte. Später gingen mir die Haare in dikken Büscheln aus, und als ich dann wirklich dem Tod von der Schaufel gesprungen war, wie Dr. Hein immer sagte, hatte ich einen kahlen Kopf. Den Schock des Kahlscherens aber hat meine gute Schwester mir erspart.

Neben dem immer gleichbleibend hohen Fieber hatte ich einen entsetzlichen Durchfall. Gottlob gab es im Lazarett jetzt schon Steckbecken, sonst hätte ich alles schmutzig gemacht, wie es vielen Kranken immer noch passierte, weil fast alle Durchfall hatten. Die wenigen Steckbecken waren ständig besetzt. Wenn das Mittagessen kam, zog ich mir die Decke über den Kopf, solch ein Grausen hatte ich vor dem Essen. Die Russen wollten ihre Arbeitskräfte schnell gesund haben und gaben den Kranken viel zu fettes Essen. Sie hätten es lieber den Gesunden geben sollen. —

Was die Kranken nicht aufessen konnten, reichten sie ihren gesunden Leidensgenossen, obwohl das verboten war, durchs Fenster. Das trug natürlich erheblich dazu bei, die Seuchen noch schneller zu verbreiten.

Schrecklich war immer wieder der Durst. Mein Hals war wie ausgetrocknet, und ich träumte von silbern glitzernden Seen und rauschenden Wasserhähnen. Ab und an durfte ich den Mund spülen, Helga saß daneben und passte auf, dass ich ja nichts trank. Doch ab und zu ließ ich ein Schlückchen die Kehle herunterrinnen, ganz vorsichtig, dass sie ja nichts merkte.

Tag und Nacht lag ich gerade wie ein Brett auf dem Rücken. Sobald ich mich rührte, lief der Durchfall wie Wasser. Ich wollte unter keinen Umständen mein Bett schmutzig machen und bewegte mich darum kaum. Schließlich war ich so schwach, dass ich nicht einmal die Hand heben konnte. Der Rücken war vollkommen durchgelegen und tat sehr weh. Mein Gesicht bestand nur noch aus Augen, und mehr als 15 hätte man mir trotz meiner 21 Jahre nicht gegeben. Doch für Helga war das Ansehen meiner Leiden viel schlimmer als für mich selbst, die ich in meinen Fieberträumen gar nicht alles begriff, was um mich herum vorging. Als nach einiger Zeit die typischen Flecken des Typhus auf meinem Bauch zu sehen waren, versuchte man, mir Blut abzunehmen, um die Diagnose zu bestätigen. Man setzte mich auf einen Stuhl. Zwei Schwestern hielten mich fest, und an jedem Arm bemühte sich ein Arzt, etwas Blut aus der Vene zu bekommen. Vergeblich, anscheinend waren sie ausgetrocknet. Nur noch aus Haut und Knochen bestand ich, mit Leichtigkeit konnte ich mit Daumen und Zeigefinger meinen Oberarm umfassen. Als ich so weit war, dass ich meinen ersten Schritt ausprobieren konnte, wurde ich zu einer Viehwaage geführt, die dazu diente, die Lebensmittel abzuwiegen. Ich wog 35 kg!

Aber ich sah nicht allein so aus. Alle Kranken im Lazarett boten das Bild kahlköpfiger Skelette, und es war ein scheußlicher Anblick, wenn die Frauen, die schon aufstehen konnten, zu mehreren in einer Wanne saßen, um gewaschen zu werden.

Besonders viele Männer starben, manchmal zwanzig an einem Tag. Niemand kennt ihre Namen, keiner weiß, wo das Massengrab in der Steppe liegt, in das sie nackt hineingeworfen wurden. Es gab kein Papier, um ihre Namen aufzuschreiben, keine Postverbindung, um ihren Angehörigen Bescheid zu geben. Täglich fuhr ein Lastwagen mit Toten in die schweigende Steppe. Kein Priester, der ein Gebet für sie sprach, kein Kreuz, das den Platz anzeigt, wo die Erde sich ihnen geschlossen hatte.

Mit so vielen Toten hatten die Russen nicht gerechnet. Es wurde ihnen unheimlich, und sie beorderten zwei deutsche Militärärzte aus einem anderen Lager zu uns. Sie hatten den Befehl zu helfen! Das war eine schwere Aufgabe und Verantwortung! Es gab viel zu wenig Medikamente, um allen Kranken gerecht werden zu können. Sanitäre Anlagen waren überhaupt nicht vorhanden. Das einzige Desinfektionsmittel war Chlor.

Die Ärzte taten, was sie konnten. Ihnen und Helga habe ich es zu verdanken, dass ich nicht auch in den großen Gräbern in der Steppe mein Ende gefunden habe. Dr. Hein suchte die Kranken heraus, denen er die meisten Lebenschancen gab, und für sie verwandte er die wenigen Mittel, die zur Verfügung standen. So bekam ich täglich Spritzen, es waren hauptsächlich Herz- und Kreislaufmittel. Mein dünnes Hinterteil war ganz zerspickt, und ich jammerte, wenn Helga mit der Spritze kam.

An den Tod

Ich habe dir oft ins Antlitz gesehn
und gewusst, dass du täglich bei uns zu Gast,
dass wir ohne dich nie im Schneesturm stehn,
nie ohne dich zur Arbeit gehen,
nie ohne dich ruhn bei kurzer Rast.

An den Lagern der Kranken da bist du zu Haus,
hältst dort getreulich Totenwacht.
Du löschst die schwachen Lichter aus. –
Am Morgen fährt man sie hinaus.
Die Gräber sind schon längst gemacht.

Bei mir da standest du lange Zeit,
verhießest mir Frieden, Erlösung und Ruh.
Du webtest still mein Totenkleid,
und doch, ich war noch nicht bereit.
Da schlossest du leis die Pforte zu.

Du kennst der Gräber lange Reih'n
Verloren in der Steppe Weiten,
sie schmückt kein Kreuz, sie ziert kein Stein,
namenlos ruhen der Toten Gebein',
vom Winde verweht für alle Zeiten.

Auch Charlotte, die erste Frau meines Mannes, gehörte zu den Auserwählten, die man hoffte, am Leben zu erhalten. Sie zeigte mir einmal ihr Hochzeitsbild, auf dem sie so glücklich und strahlend aussah. Ich habe es heute noch. —
Es war ihr schweres Schicksal, Russland nicht mehr lebend zu verlassen. Helga brachte mir nach ihrem Tode ein schönes, blaues Nachthemd und sagte: „Das ist von Charlotte." Ich glaube, sie hat es

mir gerne geschenkt, denn ich brauchte so etwas ja noch auf dieser Erde.

Ganz langsam erholte ich mich, und auch die Verhältnisse im Lazarett wurden besser. Wir lagen jetzt auf Strohsäcken, und auch Bettücher wurden beschafft. Mit Helgas Hilfe lernte ich wieder gehen, jeden Tag ein Schrittchen mehr, und als ich das erste Mal bis vor die Türe gehen konnte, war ich überglücklich. Zu Helgas Ärger erkannten mich meine Arbeitsgenossinnen nicht mehr wieder oder sie riefen: „Was, du lebst noch? Wir dachten, du wärst gestorben!"

Plötzlich, gegen Ende des Sommers, hieß es, das Lager würde aufgelöst, es seien zu viele gestorben und der Unterhalt lohne sich nicht. Zurück in die Heimat!

Helga stand auf der Liste des ersten Transportes. Unter keinen Umständen wollte sie mich allein lassen und versuchte alles, um noch dableiben zu können. Für mich war an eine solche Fahrt nicht zu denken; ich hätte sie niemals lebend überstanden. Helga ging bis zu dem russischen Major, der das Lager leitete, und flehte ihn an, uns nicht zu trennen. Er war nicht zu erweichen und sagte, sie müsse für immer in Russland bleiben, wenn sie jetzt nicht führe. Später habe ich oft daran gedacht, wie gut es war, dass sie damals gefahren ist.

Die russische Ärztin, die nach Abfahrt des Transportes durch das Lazarett ging – sie war sehr gut zu uns – tröstete mich und sagte, bald sei auch ich an der Reihe. Wie sehr habe ich mich an diesen Trost geklammert! Ja, Helga fuhr fort, nach Hause. Aber hatten wir denn überhaupt ein Zuhause? Wir wussten nichts von Eltern und Geschwistern, ob sie lebten und wenn ja, wo sie sich befanden. Auf Umwegen, nach einer schrecklichen Fahrt in Hunger und Kälte, hat Helga unsere Familie in Hamburg wiedergefunden. Aber das erfuhr ich erst zwei Jahre später.

Eine kleine Episode möchte ich noch erzählen, über die wir oft gelacht haben. Ich hoffe, liebes Schwesterherz, du nimmst es mir nicht übel, wenn ich sie hier wiedergebe.

Helga hatte einen Stiftzahn. Als Kind war sie einmal auf dem Parkett ausgerutscht und auf die Vorderzähne gefallen. Dabei war der eine abgebrochen und unser Helgalein bekam einen Stiftzahn. Selbiger hatte sich, noch bevor wir die Fahrt nach Russland antraten, durch das Beißen von steinhartem Brot gelockert, und als wir „auf Reisen" waren, rief Helga plötzlich ganz entsetzt: „Mein Zahn ist weg!" Wir schliefen oben im Waggon, und alle Mitgenossinnen begannen ein heftiges Suchen nach Helgas Zahn. Er war nicht zu finden. Am anderen Morgen rief ein Mädchen sie schlief unter uns: „Der Zahn ist da!" Welche Freude! Er lag auf dem Grund ihres

Trinkgefäßes, das sie soeben geleert hatte. Helga befestigte überglücklich den Ausreißer wieder in ihrem Mund.

Das zweite Mal machte er sich selbständig, als Helga Krankenschwester im Lazarett war. Sie teilte aus einem riesigen Kessel weißer, runder Nudeln das Essen für die Kranken aus. In diesem Kessel, zwischen den Tausenden von Nudeln, versank Helgas Zahn. Ihn dort zu finden war wirklich fast unmöglich, und doch entdeckte sie ihn leise klirrend in einem Essgeschirr wieder. Das war beinahe ein Wunder.

Das dritte Mal verschluckte Helga den geliebten Stiftzahn und war dann gezwungen, mehrmals täglich in dem herumzustochern, was ihr Körper selbst als wertlos wieder herausexpedierte.

Und siehe da, es dauerte nicht lange, und der Zahn war frisch gewaschen wieder da, wo er eigentlich hingehörte. Helga hat ihn zurück nach Deutschland mitgenommen, diesen reiselustigen Stiftzahn!

Später fuhr noch einmal ein Transport nach Deutschland, doch von Auflösung des Lagers konnte keine Rede sein. Ich wurde als sogenannter Dystrophiker aus dem Lazarett entlassen, das heißt, dass ich zwar nicht mehr im Lazarett sein durfte – es fehlte ja dort immer an Plätzen – , aber auch noch nicht in der Lage war zu arbeiten. Es war noch immer warm und ich schlich auf wackligen Beinen, ein

Gestell aus Haut und Knochen, mit einem Tuch auf dem Kopf, denn dieser war noch fast kahl, als Kleidung einen alten wollenen Unterrock, den mir eine mitleidige Seele geschenkt hatte, durch das Lager. Es sah gewiss grässlich aus, da ich aber nicht die einzige Vogelscheuche war, empfand ich meinen Anblick nicht weiter ungewöhnlich. Einmal traf ich Dr. Hein, der mich ganz entsetzt anstarrte. Am nächsten Tag überreichte er mir ein Kleid, das ich sogleich anzog. Es war aus schwarzer Seide und schlotterte mir um die Glieder, aber ich war glücklich, es zu besitzen.

Hüttchen, sie stammt aus Litauen, heißt eigentlich Maria Hütt und war, wie Helga, Schwester im Lazarett. Hüttchen sorgte auch weiter für mich, sie war unbedingt zuverlässig, und manchen Abend kam sie mit einem Teller Suppe an meine Pritsche. Dann rief sie so leise, dass die anderen es nicht hörten: „Micachen, ich habe etwas für dich!" Wie schnell war ich da munter und verspeiste Hüttchens Geschenk mit größtem Appetit, denn den hatte ich nun, nur nicht genug, um ihn zu stillen. Hüttchen ist dann noch vor mir nach Deutschland gekommen. Ich gab ihr die Adresse meiner Eltern, die ich zu der Zeit schon hatte, denn sie wusste nichts von ihrer Familie. Als ich auch nach Hause kam, konnte ich Wiedersehen feiern mit dieser treuen Seele. Auch auf meiner Hochzeit hat Hüttchen getanzt, und noch heute korrespondieren wir miteinander. Sie ist in Australien verheiratet und lebt dort glücklich mit Mann und Kind.

Als es kälter wurde, starben nicht mehr so viele. Trotzdem hatte alles Durchfall, und die fürchterlichen WC, bei uns Latrinen genannt, trugen nicht dazu bei, die Lage zu bessern. Es waren Bretterbuden, in denen über einer Grube Bretter lagen. Da die Latrinen ständig überfüllt waren und die Bretter morsch, trieben diese auf der Jauche herum und man musste schwer balancieren, um nicht hindurchzufallen. Es roch entsprechend. Klopapier gab es natürlich nicht. Wer noch Geld hatte aus Deutschland, benutzte dieses. Wer nicht, nahm Gras oder Blätter. Zum Glück blieb bei fast allen Frauen die Regel fort. Bei mir dauerte es mehr als zwei Jahre, bis mein Körper sich wieder normalisiert hatte. Später wurden diese Latrinen abgerissen und neue gebaut, die dann auch mit Chlor desinfiziert wurden. Dass man immer einer neben dem anderen auf der Stange hocken musste, war nicht zu ändern. Ich habe mich nie daran gewöhnen können, und zu meinen ständigen Träumen gehörte jener von einem schönen, warmen Klo. Im Winter war dieser Ort nämlich entsetzlich kalt, und aus den Löchern ragten gefrorene Säulen, die wir ab und zu abhacken mussten.

Ja, es wurde Winter, mein erster Winter in Russland. Wie hatte ich als Kind schon immer gefroren und konnte abends im Bett ohne Heizkissen nicht warm werden! Und nun bei dieser Kälte, und vollkommen unterernährt. Wir zogen uns sämtliche Sachen an, wenn möglich auch Schuhe, wenn wir auf die Pritschen krochen. Abends kam oft ein Offizier, die Baracken zu inspizieren. Der tobte und schrie, wenn er sah, dass wir nicht ausgezogen waren. Er hielt uns lange Vorträge über Hygiene, von der wir anscheinend keine Ahnung hätten. Dann mussten alle herunter von den Pritschen und sich ausziehen. Natürlich zogen wir uns sofort wieder an, sobald er entschwunden war, doch er hatte uns einen Teil unseres kostbaren Schlafes gestohlen!

Da wir durchweg erkältet waren, war nachts ein ständiges Kommen und Gehen zur Latrine. Wenn ich durchfroren zurückkam, konnte ich mich überhaupt nicht mehr erwärmen, und kaum war ich eingeschlafen, musste ich wieder hinaus.

Der Winter war sehr streng. Kasachstan hat Steppenklima, im Sommer sehr heiß, im Winter sehr kalt und dazu die eisigen Winde und Schneestürme!

Oft fielen schon im September die ersten Schneeflocken, der Schnee schwand erst im Mai wieder. In diesem Jahr gab es besonders viel Schnee, er reichte bis zu dem Dach der Baracke, und die Fenster waren vollkommen zugedeckt. Nur der Eingang wurde freigeschaufelt. Wie in einen Fuchsbau krochen wir in unsere Baracke, in der ein trübes Halbdunkel herrschte. Es roch feucht und muffig, und die Feuerstelle war viel zu klein, der Raum zu groß und die Kohle zu schlecht, um die Baracke zu erwärmen.

Nachdem ich etwas kräftiger geworden war, wurde ich in der Nähstube als Flickerin beschäftigt. Ein begehrter Posten, denn dort war es warm. Mit anderen Frauen zusammen flickten wir alte Hosen und Hemden und stopften Riesenlöcher. Als wir nach einiger Zeit wieder einen neuen Kommandanten bekamen, der alle Dystrophiker zur Arbeit beorderte, gehörte ich auch dazu. In normalen Zeiten hätte man mich in diesem Zustand wahrscheinlich in ein Sanatorium gesteckt, aber es waren keine normalen Zeiten. Wir mussten mit Eispickeln Gräben hacken. Die Erde war so hart gefroren wie ein Stein, und bei jedem Schlag löste sich nur ein Stückchen von der Größe einer Haselnuss. Wenn ich das Gerät einmal geschwungen hatte, sanken meine Arme völlig erschöpft herunter. Dass ich so viel nicht schaffte, kann man sich wohl vorstellen; ich erreichte die Norm natürlich nicht und bekam deshalb auch keine Extra-Essenszulage. Und ich hätte sie doch so nötig gehabt! Wenn ich nicht weiter konnte, legte ich mich einfach für einen Augenblick in den Schnee, um mich auszuruhen, bis unser ukrainischer Vorarbeiter mich wieder aufstöberte. Unsere Kleidung war völlig unzulänglich, wir hatten Hosen und Jacken aus Segeltuch, sogenannte „Russenhosen", und keine Filzstiefel. Das gab es erst später.

Wenn Schneestürme gewesen waren, mussten wir die Eisenbahnschienen wieder freischaufeln. Der eisige Wind ließ alle Glieder erstarren und die Innenseiten der Schenkel waren so angefroren, dass sie bluteten.

Wenn wir verschwinden mussten, war es fast unmöglich, mit den steifgefrorenen Händen die Hosen aufzumachen. Oft baten wir unseren Vorarbeiter darum. Er fluchte zwar über uns, tat es letzten Endes aber doch. Man hockte sich irgendwo hin. Verstecke gab es nicht, außerdem sah sowieso niemand danach. Wenn es mit dem Hosenaufmachen nicht geklappt hatte, das heißt, nicht rechtzeitig, geschah das Unglück. Es ist oft geschehen, und die Hosen froren zu steifen Brettern, die Haut völlig aufrieben. Das wurde immer schlimmer, und eines Tages streikten wir, besser gesagt, eines Abends. Beim abendlichen Appell, der im Winter bei schlechtem Wetter in den Baracken stattfand, ließen wir unsere Hosen herunterrutschen und offerierten dem erstaunten Offizier den Anblick unserer angefrorenen Beine. Das half!

Von nun an ging nur immer die Hälfte der Mannschaft mit doppelter Kleidung zur Arbeit. Am nächsten Tag war die andere Hälfte dran. Mit welchem Grauen erwachte ich jeden Morgen, wenn ich mir nach irgendwelchen Träumen darüber klar wurde, wo ich mich befand! Mit welchem Grauen stand ich am Morgen am Lagertor, wenn es noch stockdunkel war und die eisige Kälte mich packte, um mich bis zum Abend nicht wieder loszulassen! In den Augenblicken war ich oft verzweifelt und wünschte mir, nicht mehr am Leben zu sein.

Seit einiger Zeit gab es nun schon zweimal täglich die geliebte Kohlsuppe, etwas Kascha (Hirsebrei oder Ähnliches) und ein Stück Brot. Satt wurden wir davon nicht, und manche Nacht schlichen wir zu dem Haufen mit Kohlrüben und Weißkohl; der immer von einem Posten bewacht wurde, und klauten uns etwas Nachtisch! Wir robbten ganz vorsichtig durch den Schnee heran und machten uns dann schnell mit der Beute davon. In der Baracke wurde dann getafelt. Der Kohl war erfroren und schmeckte etwas süßlich, was wir besonders schmackhaft fanden. Für unsere Mägen war das weniger gut, wie der ewige Durchfall bewies.

In dieser schweren Zeit der Not, der Ungewissheit und des Hungers lernte man seine Mitmenschen wirklich kennen, und ich fand es furchtbar, wie viel Missgunst und Gemeinheit da zum Vorschein kam. Einer gönnte dem anderen nichts, jeder war auf sein Wohl bedacht, und wenn es der Tod des anderen war.

Von der vielgerühmten Kameradschaft und Nächstenliebe war nur selten etwas zu verspüren. Die Männer waren noch egoistischer als die Frauen. Ich habe sogar Geschwister erlebt, die sich gegenseitig das Brot fortstahlen. Nirgendwo lernt man den Menschen so gut kennen wie in der Not.

Jeden Morgen, wenn die Glocke schlug, versammelten wir uns am Lagertor, um zur Arbeit zu gehen. Wenn wir heimkamen, war es schon wieder dunkel. Wir wuschen uns, so gut es ging, suchten nach Kopf- und Kleiderläusen, die immer noch reichlich vorhanden waren, und fielen nach dem Abendessen todmüde auf die Pritschen. Der Waschraum war ein kleines Zimmer, in welchem ein Holzgestell stand, das uns als Waschtisch diente. Dieses Holzgestell enthielt eine Blechrinne, die an einigen Stellen Löcher hatte. Wir gossen nun von oben Wasser in die Rinne und zogen, wenn wir uns waschen wollten, die Stöpsel aus den Öffnungen, worauf das Wasser herauslief.

Schlimm war es, wenn der Schneesturm tobte, der von allen, Russen wie Internierten, gleichermaßen gefürchtet wurde. Es heulte und jammerte in den Telegraphendrähten und machte an jeder Hausecke einen Höllenlärm. Es ist keine Übertreibung, man konnte dann tatsächlich nicht die Hand vor Augen sehen. Wenn der „Buran" tobte, läutete den ganzen Tag die Appellglocke, damit diejenigen, die von der Arbeit kamen, den Weg zurück ins Lager fanden. Wenn es zu schlimm war, durften alle in den Baracken bleiben. Dann war alleine schon der Weg zur Latrine ein hartes Vorwärtskämpfen gegen den rasenden Sturm. Es ist mir einmal passiert, dass ich in einer falschen Baracke gelandet bin, weil ich den rechten Weg nicht finden konnte.

Einmal fand ein Mann innerhalb des Stacheldrahtes nicht mehr zurück und wurde am nächsten Morgen erfroren aufgefunden. Wenn wir bei „Buran" zur Arbeit mussten, waren unsere Gesichter bis auf schmale Augenschlitze vollkommen zugepackt. An den Wimpern hingen dann kleine Eisstücke, und das Tuch über dem Mund war hartgefroren durch die Feuchte des Atems. Bis auf die Haut ging die eisige Kälte des Sturmes, zumal es den meisten an entsprechender Kleidung fehlte. Wir mussten sehr aufpassen, dass Hände, Gesicht oder Füße nicht anfroren, denn das war, abgesehen davon, dass es beim Auftauen furchtbar schmerzhaft war, hochoffiziell verboten und wurde als Sabotage bestraft!

Wenn wir in die ungenügend geheizten Baracken kamen, entstand ein wildes Drängeln um den Herd, denn jeder wollte sich wärmen, jeder etwas von seinen nassen Sachen trocknen. Sehr rücksichtsvoll und höflich ging es dabei natürlich nicht zu, und so manches Mal ging ich am nächsten Morgen mit den nassen Sachen wieder hinaus zur Arbeit. Merkwürdigerweise war ich nie erkältet, obwohl ich zu Hause wenigstens dreimal im Jahr mit eitriger Mandelentzündung im Bett gelegen hatte und wegen übergroßer körperlicher Zartheit weder Arbeits- noch Kriegshilfsdienst hatte leisten müssen!

Unser Kommandant, ein Ukrainer, hieß Preuss. Er sprach wie fast alle Ukrainer gut Deutsch und war Liebkind bei den Russen. Sein Gesicht mit der eingeboxten Nase war immer rot, in seinem Mund blitzte es von goldenen Zähnen, und seine große Gestalt war kräftig. Ich fand ihn ekelhaft. Bevor wir nach Russland gekommen waren, war er Kommandant des Ukrainerlagers gewesen, und von dieser Zeit her hatten ihn alle Ukrainer schwer auf dem Magen. Als ich später in Orsk war, wurde von den Gefangenen, die nach mir dorthin kamen, erzählt, man hätte Preuss eines Nachts aufgelauert, ihm einen Sack über den Kopf geworfen und ihn dann totgeschlagen. Ich weiß nicht, ob das wahr ist, jedenfalls war's bestimmt nicht schade um ihn; er hatte genug auf dem Kerbholz.

Die Ukrainer waren von den Russen grausam behandelt worden. Als man sie während des Krieges von der Ukraine nach Kasachstan verschleppte, war es bereits Oktober, also Winter dort. Sie wurden in der Steppe ausgeladen und mussten in Zelten den Winter überstehen! Man kann sich vorstellen, dass nur wenige überlebten. Verpflegung sollten sie sich von den Kasachen, die selbst in größter Armut lebten, beschaffen. Ein Ukrainer erzählte mir, dass sie Schuhe ausgekocht hätten, Leder gegessen und manchmal undefinierbares Fleisch von dunkler Herkunft. Es soll Menschenfleisch gewesen sein.

Die Ukrainer meinten, wir hätten es doch gut, wir müssten uns nur damit abfinden, in Russland zu bleiben, denn nach Hause kämen wir gewiss nie mehr. Wir heulten vor Kummer und Wut, wenn sie so etwas zum Besten gaben. Sie lebten nun, nachdem wir von ihren Baracken, die sie sich im Laufe der Zeit gebaut hatten, Besitz genommen hatten, in kleinen Lehmhäusern im Dorf Kimpersai. Diese bestanden, genau wie die Baracken des Lagers, aus selbstgemachten Ziegeln. Lehm und Wasser wurde mit Stroh vermischt, mit den Füßen tüchtig geknetet und gestampft, und aus dieser Masse wurden große, viereckige Klötze geformt, die man dann trocknete und aufeinander setzte, mit Lehm verschmierte und später weiß kalkte. An Sommersonntagen auf der Kolchose habe ich diese Art des Hausbaues oft beobachten können. In gewissen Zeitabständen musste sich jeder Ukrainer bei einem russischen Politoffizier melden. Sie durften ein eng begrenztes Gebiet nicht verlassen, waren praktisch auch Gefangene, wenn auch ohne Postenbewachung. Wir hatten wenigstens die Hoffnung, noch einmal ein normales Leben führen zu können, sie hatten diese Hoffnung längst begraben.

Unser Essraum, Stallowa genannt, war ein kahler, hässlicher Saal mit rohen Holztischen und -bänken und einem Essenschalter, an dem man sich anreihen musste, um brigadeweise das Essen zu empfangen. Morgens bekamen wir einen Schlag Kohlsuppe und ein Stück Brot. Wenn wir am Abend von der Arbeit zurückkamen, gab es wieder Kohlsuppe und dazu den sogenannten Kascha, einen Brei aus Hirse oder anderen Körnern, auf dem ein Tröpfchen Öl schwamm. Die Lastwagen mit dem Mittagessen kamen nun nicht mehr zur Arbeitsstelle, man musste sich eben das Stück Brot dafür aufheben. Wer schon am Morgen das ganze Stück aufgegessen hatte, meistens tat ich das, musste so bis zum Abend durchhalten. Ich fand die Stallowa scheußlich, und wenn es irgend möglich war, holte ich mir mein Essen im Kochgeschirr auf die Pritsche. Nicht allein, dass es dort schauderhaft kalt war und zog, weil dauernd die Tür auf und zu gemacht wurde, nicht allein, dass die Kleckse auf den Tischen zu trüben Pfützen erstarrten oder als Eiszapfen am Tisch herunterhingen, die hungrige Gier der Menschen, die dort ihr Essen herunterschlangen, war so abstoßend, dass ich es vorzog, allein zu essen. Es gab widerliche Typen, besonders bei den Männern, die sich wie die Tiere benahmen, wie hungrige Hunde, die sich gegenseitig einen Knochen zu entreißen versuchen. Wenn einer eine abgelutschte Fischgräte auf den Boden warf, sprang ein anderer dazu, um sie aufzuheben und noch einmal abzulecken. Dann diese Angst, dass einer vielleicht ein Stückchen Fleisch mehr bekommen könnte, dieses gegenseitige Belauern und Missgönnen. Ich empfand das irgendwie als menschenunwürdig. Vielleicht kommt in solchen Zeiten der Not der wirkliche Charakter des Menschen zum Vorschein, ohne die Tünche von Zivilisation und Kultur.

Denn es waren nicht alle so, es gab auch Nächstenliebe und Hilfsbereitschaft, aber das Gros meiner Mitgefangenen wurde erst wieder wirklich menschlich, als die Verhältnisse sich besserten.

Wir hatten auch einige Verrückte im Lager. Ob sie schon vor ihrem Abtransport nicht bei Verstand waren oder erst später, in der Gefangenschaft, kann ich nicht beurteilen. Sie waren jedenfalls da und wurden von den Russen wider Erwarten ganz anständig behandelt. Mit einer, sie hieß Paula, arbeitete ich eine kurze Zeit in der Nähstube zusammen. Paula arbeitete nur, wenn sie Lust hatte. Sie zupfte dann Wollfäden; hatte sie keine, und das kam oft vor, erzählte sie die tollsten Geschichten. Am beliebtesten war die Geschichte von dem Fliegerleutnant, die uns Paula unzählige Male erzählt hat, weil wir sie immer wieder hören wollten. Es war auch ihre Lieblingsgeschichte.

Der Flieger, natürlich ein großer, schöner Mann, kam zu Paulas Mutter und bat diese um die Hand ihrer reizenden Tochter. So begann die Geschichte. Man muss sich nun Paula dabei vorstellen – ihr Kopf kahl geschoren. Das war keine Schande oder Strafe. Der Läuse wegen hatten auch viele russische Offiziere kahle Köpfe. Sie war ein langes Gestell aus Haut und Knochen, in Fetzen gekleidet. In ihrem Mund fehlten alle Vorderzähne; die hatte man ihr noch in Deutschland bei der Gefangennahme ausgeschlagen. Ja, und dann erzählte diese Elendsgestalt, gottlob ist sie später gestorben, von dem schönen Flieger, der sie liebte.

Ein anderer von unseren Verrückten riss aus, wurde nach kurzer Zeit aber wieder eingefangen, denn er war in die falsche Richtung, also noch weiter nach Osten gelaufen. Man musste wirklich verrückt sein, um hier das Ausreißen zu versuchen. Er war der einzige, der es je probierte. Im Geiste ist wohl jeder davongelaufen, aber in Wirklichkeit war es undurchführbar.

Ich träumte ständig von zu Hause, und das Heimweh war viel schlimmer als alles andere. Im Geist sah ich unser schönes, großes Haus, ging durch alle Zimmer, über alle Treppen, deren Stufenzahl ich genau im Kopf hatte. Ich dachte an meine innig geliebte Mutter, von der ich ebenso wenig wusste wie von meinem guten Vater und von meinen Geschwistern.

Träume

Wenn ich die Augen schließe,
seh' ich der Bilder viel,
längst vergangene Süße,
fast wie im Märchenspiel.

Einmal nur möchte ich sie halten,
die mich dereinst hab'n beglückt,
jene geliebten Gestalten,
die nun so ferne gerückt.

Vor mir sehe ich stehen
meiner Geschwister Kreis.
Darf zu ihnen nicht gehen,
brennt es im Herzen auch heiß.

Spür meiner Mutter Hände,
fühl ihren liebenden Blick,
möchte ihr danken ohne Ende
für meiner Kinderzeit Glück.

Schnell sie vorübereilen,
traumhaft ein jedes Gesicht,
dürfen wohl niemals verweilen,
hören mein Rufen nicht.

Hör meines Vaters Lachen
so herzlich und so warm,
möchte nur Freude ihm machen,
doch ist gefesselt mein Arm.

Denn, ach ungreifbar ferne
ist jedes liebe Gesicht –
so wie die goldenen Sterne,
so wie der Sonne Licht.

Nur durch meine Träume schweben
liebliche Bilder vergangener Zeit.
Um mich ein Märchen des Glückes weben,
erhellen mir die Wirklichkeit.

Wir hatten ein so glückliches Familienleben geführt, und meine herrliche Kindheit war der leuchtende Punkt, an den ich mich in meiner furchtbaren Einsamkeit klammerte. Ja, es war so, dass ich mich in dieser Masse von Menschen so unbeschreiblich einsam fühlte wie nie zuvor in meinem Leben und wie auch später nie mehr. Am wohlsten war mir, wenn ich auf der Pritsche lag und mir die Decke über den Kopf zog. Dann bildete ich mir ein, für mich allein zu sein, dann war ich mit allen Gedanken bei den Menschen, zu denen ich gehörte. Es ist furchtbar, nie für sich sein zu können, nicht beim Essen, nicht beim Schlafen, auf dem Klo nicht und auch nicht beim Waschen.

Großartig waren die Sonnenauf- und -untergänge, besonders im Winter, wenn die Sonne den Schnee der fernsten Hügel blutrot färbte. Das war ein einzigartiges Schauspiel, eine Symphonie von Farben im blendenden Weiß des Schnees, dessen glitzernde Decke sich dehnte, so weit man sehen konnte. An besonders kalten Tagen war der Himmel lichtgrün und sah aus wie eine gläserne Glocke. Wenn ein Schneesturm im Anzug war, hatte die Sonne zu beiden Seiten halbkreisförmige Regenbögen. Wie schön das auch aussah, wir betrachteten diese untrüglichen Zeichen nicht gerade mit Freude.

Wenn dann im Frühjahr der Schnee taute, gab es fürchterliche Überschwemmungen. Die Schmelzwasser kamen von den Hügeln und Bergen gelaufen und bildeten an tiefer gelegenen Stellen riesige Seen und Pfützen. Im Lager gab es knöcheltiefen Dreck, der so zäh war, dass man mit den Schuhen darin stecken blieb. Wir hatten den ganzen Tag nasse Füße, da wir, wenn wir zur Arbeit gingen, mehrere Seen durchqueren mussten. Am nächsten Tag zogen wir die nassen Schuhe wieder an, froh, wenn sie nicht auseinander fielen. Und doch waren wir glücklich, dass der furchtbare Winter nun vorüber war, von dem wir jedes Jahr glaubten, dass es ganz gewiss der letzte sei.

Wir arbeiteten nun hauptsächlich in der Nickelgrube, wo wir Eisenbahnschienen verlegten, Erde planierten oder Dämme machten. Der Nickel wurde im Tagebau gewonnen. Große Bagger luden die Nickelerde auf Eisenbahnwaggons, die dann nach Orsk zur Verarbeitung gebracht wurden. Die Nickelerde, die auch viel Eisen enthielt, leuchtete in den schönsten Farben, alle Schattierungen von grün bis rot. Sie war sehr fett und entsetzlich schwer, wenn man sie hin und her schaufeln musste.

Wenn man auch ab und an noch Schnee erblickte, so schenkte uns der Mai doch den Frühling und verwandelte die kahle Steppe in ein Meer von Blüten. Wie erstaunt und entzückt war ich über diese Vielfalt der Blumen, diese Farbenpracht, diese Schönheit. Im Mai des vorigen Jahres hatten wir zu dieser Zeit in Quarantäne gelegen und darum dieses Wunder nicht miterlebt. Es gab kleine Schwertlilien, kleine Tulpen und Schneeglöckchen, die so aussahen wie Riesengeschwister der Schneeglöckchen, die wir kennen. Es blühte eine Art Märzenbecher, nur viel größer, die Blütenglocken mit einem feinen Fellchen überzogen. Wir tauften sie Uralglocken. Vielleicht heißen sie auch wirklich so. Wir pflückten große Sträuße, die wir in Büchsen, soweit vorhanden, auf unsere Pritschen stellten. Die Erde roch ganz wundervoll, und es war für mich wie eine Offenbarung nach all dem Sterben und der trostlosen Öde ringsherum. Lange konnten wir uns an dieser Pracht nicht freuen, denn wenn im Juli die Sonne vom Himmel brennt, verbrennt sie mit ihren Strahlen all diese Schönheit, und zurück bleibt nur das gelbe Steppengras.

Oft kamen lange Güterzüge mit Kohlen, die wir ausladen mussten. Wir bekamen grobe Gabeln, mit denen holten wir die Kohlen aus den Waggons heraus und schaufelten sie zur Seite. Das ist keine leichte Arbeit, und da ich immer noch sehr schmächtig war, fiel sie mir verdammt schwer. Wenn die Waggons nachts kamen, mussten wir nachts arbeiten, nachdem wir unseren schweren Arbeitstag schon hinter uns und oft schon geschlafen hatten. Es schlossen sich immer Gruppen zusammen, die jeweils einen Waggon ausluden.

Natürlich fanden sich immer die Starken zusammen, um recht schnell fertig zu werden. Wir anderen arbeiteten oft noch, wenn der Mond schon lange am Himmel stand und wir vor Müdigkeit fast umfielen. Ich war selig, als man mich einmal zu den Starken wählte. Nicht etwa, weil ich plötzlich kräftiger geworden war, sondern auf Illis Fürsprache hin. Illi war mein guter Kumpel, der mir oft half, wenn ich nicht mehr weiter konnte. Sie war ein so lieber, feiner Mensch und hatte jene Güte und Herzensbildung, die ich bei den sogenannten „Gebildeten" in Russland so oft vermisste. Ich denke noch heute mit einem tiefen Gefühl der Dankbarkeit an die gute Illi, die mit mir zusammen aus der Gefangenschaft entlassen wurde und sich dann später in der Ostzone verheiratete.

Die blonde Frau des Danziger Fabrikanten, die wir so oft um die Wärme ihrer drei Pelzmäntel beneidet hatten, starb in diesem Sommer. Sie hatte sich so sehr verändert, dass wohl niemand ihrer Angehörigen sie wiedererkannt hätte. Seelisch und körperlich vollkommen gebrochen, ließ sie sich so gehen, dass es selbst in dieser Umgebung schrecklich anzusehen war. Schmutzig und verlaust lag sie auf ihrer Pritsche, die sie nur mit Hilfe anderer verlassen konnte. Sie hatte wohl eine Nierenerkrankung, denn ihre Beine waren dick verschwollen, und sie war nicht mehr fähig, das Wasser zu halten. Der Tod war eine Erlösung für sie, die nur noch ein Schatten ihrer selbst war. – Wanda, die sich immer um sie gekümmert hatte, erbte den letzten der vielbeneideten Pelzmäntel, die anderen waren spurlos verschwunden.

Um diese Zeit bekamen wir einen neuen russischen Lagerleiter. Wir waren immer misstrauisch, wenn etwas Neues kam, denn es war eigentlich nie etwas Gutes. Als ich ihn zum ersten Mal sah, bekam ich einen Schrecken. Er war ein Jude von wenig ansprechendem Äußeren, und ich musste sofort an die schrecklichen Bilder aus den deutschen Konzentrationslagern denken, die man uns hier gezeigt hatte. Würde er sich nicht zu rächen versuchen, wo wir ihm so vollkommen wehrlos ausgeliefert waren? Wenige Zeit später merkte ich, wie falsch ich ihn eingeschätzt hatte und wie gut es das Schicksal mit uns meinte, dass es uns gerade diesen Menschen sandte. Wenn man mit ihm sprach, war sein unschönes Gesicht so sehr von der Güte seiner Augen überstrahlt, dass man ihn gar nicht mehr als hässlich empfand. Er wurde von allen geliebt, und wir waren dankbar, dass wir nun einmal einen Vorgesetzten gefunden hatten, der es wahrhaft gut mit uns meinte. Mit allen Mitteln versuchte er, unsere Situation zu erleichtern, indem er jedem mit Güte und Verständnis entgegenkam. Er war ein wirklicher Mensch, der uns nicht mit politischen Phrasen überschüttete, sondern das ausübte, was so selten auf dieser Erde zu finden ist: tätiges Mitleid. Es wird mir ganz warm ums Herz, wenn ich von ihm schreibe, gehörte er doch zu den lichten Punkten dieser sonst so harten Jahre. Wie oft hat er Gefangenen, die in den Karzer gesteckt worden waren, geholfen, wieder herauszukommen. Er hat versucht, uns bessere Kleidung zu verschaffen, und dafür gesorgt, dass beim Essen nichts unterschlagen wurde.

Ich war damals dazu auserkoren worden, die Lagerzeitschrift für die Frauen herauszugeben. Ein undankbares Unterfangen. Ich schrieb die Artikel, musste sie mit der Hand drucken und dann illustrieren. Das Papier war schlecht und schwer zu bekommen. Buntstifte waren Kostbarkeiten, jedes Stummelchen ein wahrer Schatz! Die Wahrheit durfte ich natürlich nicht schreiben, sondern musste mich an das halten, was mir der Kommissar, den wir natürlich auch im Lager hatten, vorschrieb.

Wer hat denn schon Lust, so eine verlogene Zeitschrift zu lesen? Unser neuer Lagerkommandant wollte mich im Lager behalten, damit ich mich ganz der Aufgabe, eine gute Frauenzeitschrift herzustellen, widmen konnte. Das war sehr freundlich von ihm, denn ich merkte, er wollte mir die schwere Arbeit in der Nickelgrube ersparen. Ich war nicht so ganz begeistert von seinem Angebot, denn unserem unmittelbaren Vorgesetzten, Herrn Preuss, den ganzen Tag unter den Augen zu sein, erschien mir nicht erstrebenswert. Ich hatte schon üble Erfahrungen mit ihm gemacht. Er erkaufte sich die Gunst seiner jeweiligen Favoritinnen mit Esswaren und Seife, und als ich eines Tages ablehnte, für einen Teller Bratkartoffeln und ein Stückchen Seife eine Nacht mit ihm zu verbringen, war er sehr böse mit mir, und ich ging ihm, wenn möglich, aus dem Wege. Da nun gerade der beliebte Posten bei der Nickelprobe frei war, bat ich, mich dorthin zu versetzen, und das geschah dann auch, und ich war vom Sommer 46 bis Frühjahr 47 so etwas wie eine Individualität, was ich als sehr wohltuend empfand.

Ich hatte 12 Stunden Dienst und dann 12 Stunden frei. Manchmal tags, manchmal nachts. Ich wurde von einem Ukrainer abgeholt und wieder zurück ins Lager gebracht, jetzt sogar ohne Schießknarre. Die Nickelgrube war ca. eine halbe Stunde vom Lager entfernt. Wo die Eisenbahnschienen aus der Grube führten, stand ein winziges Häuschen, genau wie alle anderen aus Lehmziegeln bestehend und einen kleinen Raum enthaltend. Das war mein Aufenthaltsraum und mein neues Betätigungsfeld. An dem kleinen Fensterchen stand eine schmale Bank, praktisch nur ein Holzbrett, und an der Rückseite ein gemauerter Herd. Mehr Inventar gab es nicht, mehr war auch nicht notwendig. Meine Aufgabe bestand darin, aufzupassen, wann die mit Nickelerde vollgeladenen Waggons aus der Grube gefahren kamen und auf den Gleisen, unweit des Häuschens, stehen blieben. Dann kletterte ich auf jeden Waggon und schaufelte ein paar Hände voll Nickelerde in ein kleines Säckchen. War das Säckchen voll, brachte ich es in meine Behausung, wo ich es auf einem Blech ausschüttete, das in einer Ecke lag. Dann sauste ich zum nächsten Waggon. Ich musste sausen, denn oft fuhr der Zug schon los, wenn ich noch irgendwo oben hockte, und dann musste ich sehen, dass ich herunterkam, sonst wäre ich mit bis nach Orsk gefahren. Wenn alle Nickelproben dieses Zuges auf dem Blech lagen, nahm ich den schweren Puffer einer Lokomotive, der für diesen Zweck da war, und zerkleinerte mit ihm die Klumpen der Nickelerde. Das war nicht ganz so einfach, denn der Puffer hatte ein ganz nettes Gewicht, und man musste ihn ganz flink um seine Achse drehen, um durch die Geschwindigkeit sein Gewicht zu reduzieren. Ich hatte das bald heraus, und dann tanzte er auf der Nickelerde herum, ohne dass ich mich allzu sehr anstrengen musste. Danach wurde die Erde gesiebt, noch einmal mit dem Puffer bearbeitet und in ein anderes Säckchen gefüllt. Wenn das alles fertig war, zog ich los, um die Probe ins „Labor" zu bringen. Dort wurde die Erde auf ihren Nickelgehalt hin geprüft; das Ergebnis musste in Orsk sein, bevor der Zug dort eintraf.

So hockte ich denn an meinem Fensterchen und war auf den Beinen, sobald der Pfiff der Lokomotive ertönte. Wenn nachts keine Waggons kamen, legte ich mich auf das schmale Bänkchen und schlief, - mein Ohr wachte für mich, denn es hörte sogar im Schlaf das Pfeifen, und nie ist mir eine Ladung Nikkel durch die Binsen gegangen. Das war nämlich meiner Vorgängerin passiert. Sie war mit einem Ukrainer aus der Grube, mit dem sie sich angefreundet hatte, in die Steppe gegangen, wo die zwei vor lauter Verliebtheit das Pfeifen der Lok nicht hörten und die Waggons ohne Erdproben gen Orsk fahren ließen. Das gab einen Riesenkrach. Bevor ich nun diesen Posten bezog, hat mir unser guter Kommandant eine lange Rede gehalten, was alles ich lieber nicht tun sollte und auch, was ich tun sollte, wenn ich z. B. nachts überfallen würde, usw. Ich habe mir seine Ratschläge zu Herzen genommen und bin gut dabei gefahren.

Herrlich war's, stundenlang ganz allein zu sein, durch die Steppe zu gehen, natürlich immer nur so weit, dass ich den Grubenausgang nicht aus den Augen verlor, oder im Gras zu liegen, wenn am Abend die Sonne in den herrlichsten Farben am Horizont versank.

Himmel und Erde

Schau des Himmels sonnenverklärtes,
wolkenbeschwertes, unendlich tiefes Blau,
drauf nachts im Dunkeln die Sterne funkeln
wie Diamanten am Hals einer schönen Frau!

Die Erde dagegen trägt voller Segen
ein schlichtes Arbeitskleid.
Doch strahlt sie, wenn zur Frühlingszeit
die Götter sie schmücken – zur Frucht bereit.

Wo Himmel und Erde sich vereinen,
da will das Ende der Welt uns scheinen.
Doch nie ein End zu finden ist,
so oft auch der Himmel die Erde küsst.

Dort steht der Mensch, Geschöpf der Welt,
von Schicksalsmächten hineingestellt,
ein Kind zu sein der Mutter Erde,
auf dass ihm einst der Himmel werde.

Dann hörte ich nur das Trillern der Lerchen und das Zirpen der Grillen, und nie war ich in Russland so glücklich wie in dieser Zeit.

Wunderbar waren die Sommernächte, und ich saß oft stundenlang vor dem Häuschen und sah in die Sterne. Der Sternenhimmel dort schien mir von überwältigender Größe und Schönheit. Die Sterne waren mir ganz nahe, und wenn ich sie anschaute, dachte ich an zu Hause, ob meine Lieben wohl am Leben seien und ob sie auch mit solcher Sehnsucht das Himmelszelt betrachteten. Ich machte viele Gedichte, die ich später in einem Heft zusammentrug. Leider ist es mir dann in Brest-Litowsk abhanden gekommen.

Im Sommer war auch der Weg ins Labor, ich ging ungefähr eine Stunde, ein schönes Erlebnis! Diese großartige Einsamkeit der Steppe nahm mich immer wieder gefangen. Nie begegnete ich einer menschlichen Seele, und auch wenn ich nachts meinen Weg machen musste, das silberne Glänzen der Eisenbahnschienen als Wegweiser, hatte ich keine Furcht.

Mit den Ukrainern, die meine Vorgesetzten waren, verstand ich mich gut. Sie mussten das Laden der Waggons beaufsichtigen und die Nummern der Waggons aufschreiben, wenn der Zug aus der Grube herausgefahren war. Riesige Bagger schaufelten die grünbraune Erde auf die Waggons. Sie kamen mir vor wie ewig hungrige Riesenmäuler, deren Kettenfüße sich langsam durch die Fettschicht der Erde mahlten. Manchmal ging eines von diesen Urviechern kaputt, und der Ukrainer, der gerade Dienst hatte, musste den Grubeningenieur holen, damit der Schaden behoben wurde. Inzwischen konnte ich mich ins Gras legen und warten, bis wieder geladen wurde.

Victor war der intelligenteste der Ukrainer – er war blond, lang und dünn und schielte fürchterlich. Victor hatte eine gute Schulbildung, sprach fließend Deutsch und war an allem interessiert, was ich ihm aus Deutschland erzählen konnte. Peter oder Pjotr war klein, gedrungen, sehr kindlich und wahnsinnig gutmütig. Ihm fiel es immer schwer, die langstelligen Ziffern der Waggons aufzuschreiben. Er drückte mir oft Papier und Bleistift in die Hand mit der Bitte, ihm zu helfen. Dafür kletterte er dann für mich auf die Waggons oder ging bei Schneesturm meinen Weg zum Labor. Mit Peter konnte man nicht diskutieren, dafür erzählte ich ihm, wenn wir nachts zusammen vor dem Häuschen saßen und auf neue

Arbeit warteten, deutsche Märchen. Davon konnte er nie genug bekommen. Wahrscheinlich hatte seine Mutter für solche Dinge keine Zeit gehabt, und das holten wir nun nach.

Fabelhaft sah Friedrich aus, der Ingenieur. Er war groß und kräftig, mit vollem dunklem Haar und Zähnen eines Filmstars. Wenn er in seinem blauen Hemd den Eisenbahndamm entlang segelte, reckten alle weiblichen Gefangenen die Hälse, und wenn er nahe genug vorbeikam, wurde er prompt nach der Uhrzeit gefragt. Mir gefiel Friedrich natürlich auch ausnehmend gut. Er hieß mit Familiennamen auch noch Schatz! Aber glücklicherweise arbeitete er in der anderen Schicht, und so kam ich gar nicht erst in Versuchung, die Mahnungen des Kommandanten außer acht zu lassen.

Wenn ich nachts gearbeitet hatte, ging ich oft allein ins Lager zurück, weil meine Begleiter noch in der Grube beschäftigt waren. Ich machte in solchen Fällen einen Umweg und ging zu einem großen, klaren See. Dieser See war ein Teil der alten Nickelgrube. Er lag zwischen hohen Bergen und gehörte wohl zu den riesigen Tälern, die nimmer müde Bagger im Laufe der Jahre geschaffen hatten. Nun war dort meine Badeanstalt, wo ich nach Herzenslust schwimmen konnte.

Im Lager angekommen, bekam ich mein Essen, verschwand dann auf meine Pritsche und versuchte, trotz Lärm und Wanzen einzuschlafen. Die Wanzen waren noch schlimmer als der Krach. Was haben diese Biester uns gequält, rückten zu Tausenden an und ließen uns keine Ruhe. Wenn sie sich gut vollgesogen hatten, sahen sie aus wie braune Tönnchen, die unter der Last ihres Bauches davon wankten. Tippte man sie an, zerplatzten sie und hinterließen einen unangenehmen Geruch. In wie vielen Nächten packten wir unsere Strohsäcke, die wir inzwischen bekommen hatten, und zogen vor die Baracke, um dort zu nächtigen. Schrecklich war es nur, wenn dann Regen kam und wir wieder zurück in die Baracken mussten. Dann waren diese Quälgeister besonders hungrig und ließen keinen zur Ruhe kommen. Kopf- und Kleiderläuse waren durch das Entlausen alle 14 Tage zwar erheblich weniger geworden, aber immer noch in genügender Zahl vorhanden.

So verging der Sommer, und als der erste Zug Wildgänse über die Steppe zog, wusste ich, dass es nun bald Herbst werden würde. Manches im Lager hatte sich gebessert, doch das schreckliche Heimweh war das gleiche geblieben.

Von den Russen unterstützt, hatte sich eine Lagerkapelle gebildet, die sonnabends zum Tanz aufspielte oder an den sogenannten „Bunten Abenden" den musikalischen Teil übernahm. Im Versammlungsraum stand als erster Bestandteil der Kapelle ein Klavier. Wie es in diese gottverlassene Gegend gekommen war, weiß ich bis heute nicht. Wahrscheinlich war es Beutegut aus Deutschland, las ich doch auf den Nickelwaggons immer wieder: München, Kassel, Wien.

Langsam fanden sich die Musiker zusammen, und nach gar nicht langer Zeit gab es ein Saxophon, eine Geige und ein selbstgebautes Cello. Ich beteiligte mich beim Theaterspielen, beim Chor und später auch als Gesangssolistin. Am liebsten führten wir Märchen auf, denn in diese Themen konnte uns kein Russe Politik und Tendenz ähnlicher Art einmischen. Ohne das ging natürlich kein Theaterstück über die Bühne. Könige und Prinzessinnen gab es nicht, die mussten wir durch Minister und Bauerntöchter ersetzen. Und falls doch einmal ein König genehmigt wurde, musste er als ein so bejammernswürdiger Trottel dargestellt werden, dass an seinen königlichen Fähigkeiten wahrhaftig kein Zweifel bestand.

Aus alten Tüchern wurden Gewänder fabriziert, zerrissene Gardinen dienten als Schleier. Wenn der Politoffizier befahl, dass dann oder dann ein „Bunter Abend" stattzufinden habe, musste es eben irgendwie klappen, und wenn wir uns das Material zusammenklauten. Herr Preuss, mein besonderer Freund, inspizierte gerne die Proben und spielte Regisseur, wenn zum Beispiel die Bauerntochter dem Schweinehirten einen Kuss zu geben hatte. Das war vollkommen überflüssig, denn das konnten wir auch ohne seine Hilfe.

Wir hatten eine Tänzerin. Sie hieß Christel und verfügte über sehr hübsche Beine, die dann bei der Aufführung unseren Posten und Lageroffizieren schwer ins Auge fielen. Bertel steppte dem staunenden Publikum etwas vor, und Lottchen sang wie eine Lerche. Die Russen, die meist auch mit ihren Damen, soweit vorhanden, erschienen waren, klatschten genauso begeistert Beifall wie die Gefangenen, sie waren ein anspruchsloses Publikum.

Die Offiziere und Posten unseres Lagers führten kein abwechslungsreiches Dasein, und jeder von ihnen war in dieses öde, klimatisch so schwer erträgliche Gebiet versetzt worden, weil er etwas ausgefressen hatte. Wir befanden uns in Kimpersai und später auch in Orsk in einem ausgesprochenen Sträflingsgebiet, freiwillig kam niemand hierher.

Die Freude der Russen an unseren Vorführungen und ihre Begeisterung für die neue Lagerkapelle hinderten sie aber gar nicht daran, uns mit ihren ewigen Verhören, die doch nichts Neues zum Vorschein brachten, das Leben zu erschweren.

Ich kam auch öfters dran, wurde aber immer korrekt behandelt. Mir genügte jedoch schon allein die Angst, die ich ausstand, wenn ich in den kahlen

Raum gerufen wurde, in dem der Kommissar saß, der immer wie ein Eisklotz auf mich wirkte, zusammen mit dem Dolmetscher, der mir das kalte Grausen über den Rücken jagte, wenn er hämisch grinsend seine sämtlichen Silberzähne zeigte.

Sehr beliebt war bei den Russen auch das Aus- und Umräumen der Baracken. Am liebsten tätigten sie das an den christlichen Feiertagen, wie Weihnachten, Ostern oder Pfingsten. Dann mussten wir mit unserem ganzen Krempel vor die Baracke ziehen, die gründlich inspiziert wurde. Langsam ging es dann der Reihe nach wieder hinein. Es dauerte stundenlang, denn wir waren zum Beispiel in unserer Baracke 300 Frauen. Bei Regenwetter war dieses Spiel besonders nett. Sie durchwühlten sämtliche Sachen und nahmen das, was ihnen ins Auge stach. Wenn wir Glück hatten, kamen wir zurück in die gleiche Baracke. Wenn nicht, wurde alles durcheinandergewirbelt und neu geordnet. Grässlich fanden wir das. Der Mensch ist ein Gewohnheitstier, und wenn wir an unsere Bretter gewöhnt waren, wollten wir sie nicht mit anderen vertauschen, auch wenn diese ebenso aussahen.

Bevor es Winter wurde, stattete ich zusammen mit Peter den Tschetschenen einen Besuch ab. Sie hatten uns einmal eingeladen, ihre Behausungen waren ganz in der Nähe unserer Nickelprobenhütte. Die Tschetschenen sind ein Volksstamm aus dem Kaukasus, der genau wie die Ukrainer hierher verschleppt worden war, weil er mit den Deutschen sympathisiert hatte. Sie waren richtige Orientalen. Die Frauen, obwohl dreckig und ungepflegt, waren teilweise bildschön. Mit 15 Jahren waren sie vollkommen ausgewachsen und sahen mit 40 wie alte Frauen aus. Ich fragte eine zahnlose alte Frau, der ich mindestens 60 gegeben hatte, nach ihrem Alter, worauf sie viermal ihre zehn Finger zeigte. Wir mussten manchmal mit ihnen zusammenarbeiten, Eisenbahndämme aufschütten oder Schienen verlegen. Das hatten wir gar nicht gern, denn sie waren schrecklich faul. Sie hockten sich zusammen und redeten schnell und ohne Unterbrechung mit Mund, Händen und Füßen. Wenn der Vorarbeiter mit ihnen schimpfte, ließen sie das wie einen Regen über sich ergehen, ohne sich auch nur im geringsten an seine Befehle zu halten. Die Frauen trugen damals weiße, weite Gewänder und darunter knöchellange Pumphosen. Sie hatten herrliche lange schwarze Haare und große Ringe in den Ohren. Oft verschwanden zwei oder drei der Frauen hinter einem Hügel und kamen eine ganze Weile nicht mehr zum Vorschein. Ich schlich ihnen einmal nach, um zu sehen, was sie da wohl machten. Das eine Mal reichte mir. Ich sah sie friedlich beisammen hocken, sich die Kleiderläuse heraussammeln und verspeisen – mir wurde ganz übel bei dem Anblick. So waren sie immer beschäftigt, und da die Norm erfüllt werden musste, blieb die ganze Arbeit an uns hängen.

Es missfiel ihnen sehr, wenn wir bei großer Sommerhitze in selbst genähten kurzen Hosen arbeiteten. Sie starrten uns dann ganz entsetzt an, kniffen uns in die Beine oder betasteten unsere nackten Arme. Ein solcher Anblick war bestimmt absolut neu für sie. Es gab weniger Männer als Frauen, und mir schien es, als hätte ein Mann mehrere Frauen. Auch die Männer sahen sehr gut, aber irgendwie finster aus. Selbst bei der größten Hitze trugen sie hohe Fellmützen, die wie Bienenkörbe geformt waren. Sie waren groß und schlank gewachsen. Im Gürtel steckte ein gebogenes Messer, und wenn sie so aufrecht die Eisenbahnschienen entlanggingen, sahen sie nicht aus wie Gefangene.

Wie Pech und Schwefel hielten die Tschetschenen zusammen, und irgendwie kamen die Russen nicht an sie heran. Einmal erlebte ich, wie im Winter eine Tschetschenenfrau an der Stelle, wo die Lokomotive, welche die Nickelerde beförderte, Kohlen und Wasser nahm, einen Korb mit Kohlen klaute. Das tat jeder hier. Das Schwierige an der Aktion war nur, sich nicht erwischen zu lassen. Sie wurde erwischt und von dem Russen, der die Kohlen bewachte, festgehalten. Da stieß sie einen durchdringenden Pfiff aus, und nach einigen Minuten erschienen mehrere Tschetschenen, die anfingen, sich mit dem Russen zu prügeln. Bei dieser Gelegenheit entwischte die Frau mitsamt den Kohlen. Danach war von den Tschetschenen nichts mehr zu erblicken, es war, als hätte der Erdboden sie verschluckt.

Wir besuchten sie während der Nachtschicht. In ihren primitiven Häuschen gab es nur einen großen Raum, dessen einziges Mobiliar der unentbehrliche Herd war. Sie lagen auf Fellen auf der Erde, im Herd flackerte ein helles Feuer, das den ganzen Raum in ein unruhiges Licht tauchte. Sie hatten einen Kreis gebildet und schlugen mit den Händen auf trommelähnliche Instrumente, die ein monotones Geräusch machten. In der Mitte des Kreises tanzte eine mit vielen glänzenden Münzen geschmückte Frau, die die Augen geschlossen hatte und wie in Trance zu sein schien. Niemand beachtete uns, und wir haben ihnen eine ganze Weile zugeschaut. Plötzlich öffnete die Tänzerin die Augen, als erwache sie aus einem tiefen Schlaf. Sie sah mich an, streckte die Hände nach mir aus und wollte mich in den Kreis ziehen. Das war mir in diesem Raum mit den so fremdartigen Menschen unheimlich. Ich bekam Angst und lief hinaus in die Nacht, zurück zu meinem Nickelhäuschen. Später haben die Tschetschenen mich nicht wieder zu einem Besuch eingeladen.

Es wurde herbstlich kühl, schon Anfang September, und die Wildgänse zogen wieder laut schreiend über die Steppe. Mit welcher Sehnsucht schaute ich ihnen nach, wie gerne wäre ich mit ihnen gezogen. Ich beneidete sie glühend und konnte mich nicht satt sehen an ihren geraden, keilförmigen Formationen.

Das Lied der Sehnsucht, es ist mir bekannt,
es ward gar oft mir gesungen.
In diesem fremden, öden Land
hat brennend heiß es geklungen.

Wenn über der Steppe Einsamkeit
heulend die Winde fegen,
über ihr herbstlichgelbes, dürftiges Kleid
peitscht ein nicht endender Regen.

Wenn hoch in des Himmels Unendlichkeit
die wilden Gänse fliegen,
wenn jede von ihnen so traurig schreit
vor Sehnsucht nach dem Süden.

Und der Wind wie ein scharfes Messer ist
und Berge von Schnee erbaute,
wenn die Kälte durch alle Kleider sich frisst
und das Eis am Fenster nie taute.

Wenn in schneedurchpeitschter Winternacht
die Wölfe so schaurig klagen,
wenn der Huf des Pferdes im Eise kracht
und keuchende Stürme sich jagen.

Wenn die Frühlingswärme das Weiße taut,
und die ersten Tulpen erblühen,
wenn das Auge verlangend nach Westen schaut,
wo die Strahlen der Sonne verglühen.

Das Lied der Sehnsucht,
dann hörst du es singen,
in Sturm und Regen wird es dir klingen,
im Schrei der Tiere, im Sterne-Erstehn,
im Frühlingserwachen, im Herbstes-Vergehn,
das Lied der Sehnsucht, das jeder kennt,
den Land und Meer von der Heimat trennt.

Im Lager rüstete man sich für den Winter. Zwischen die Doppelfenster wurde zur Abdichtung Watte gesteckt, und in der Steppe wurden Gräben ausgehoben für diejenigen, die im Winter dran glauben mussten. Als die Kälte richtig einsetzte, bekamen wir Wattehosen und Jacken sowie Filzstiefel. Wie froh wir darüber waren, kann man sich kaum vorstellen. Wenn mein Mann mir jetzt einen Nerzmantel schenken würde, es wäre nicht so ein Ereignis wie die warmen Sachen es damals im Winter 1946 für mich waren. Auf die Filzstiefel musste man verdammt aufpassen. Wenn sie nicht zu nass waren, legte ich sie mir nachts unter den Kopf. Wie oft fehlten am Morgen ein oder zwei Paar Stiefel! Nicht nur, dass man etwas ganz Kostbares verloren hatte, sie waren natürlich gestohlen worden, man wurde auch noch wegen „Sabotage" bestraft, weil man das Eigentum des Lagers missachtet hatte! Die Täter wurden praktisch nie gefunden; sie tauschten die Stiefel gewöhnlich gegen Lebensmittel ein. Dies gehört auch zum Kapitel Nächstenliebe!

Nach den herbstlichen Regengüssen, die die Dächer der Baracken durchweichten und als kleine oder große Bäche an den Wänden entlang liefen und auf unsere Pritschen tropften, kam Ende September der erste Schnee. Bald waren die Schlammwege des Lagers steinhart gefroren, und wenn man mit bloßen Händen eine Türklinke anfasste, blieb man daran hängen.

In meinem Häuschen war es saukalt, denn der Wind pfiff durch alle Ritzen und unter der Tür durch, die einen breiten Spalt hatte. Victor und Peter schickten mich zum Kohlenstehlen. Sie meinten, ich sei ja sowieso Sträfling, da könnte mir eigentlich nichts weiter mehr geschehen. Ich war sehr ungeschickt beim Stehlen. Peter zeigte mir dann genau, wie ich es machen musste. Ich stand vor der Wahl, entweder zu klauen oder zu frieren, und da ich ganz entsetzlich fror, entschloss ich mich zum Stehlen.

Ich musste aufpassen, wenn der Russe an der Lok-Versorgungsstelle mal den Rücken kehrte oder in seinem Postenhäuschen verschwand, dann füllte ich ganz fix das Säckchen, das eigentlich für die Nickelproben bestimmt war, mit Kohlen und machte, dass ich fortkam. Ging das nicht schnell genug und ich wurde erwischt, schüttete der Russe unter entsetzlichen Flüchen – wer einmal in Russland war, kennt diese fabelhafte Vielfalt und Scheußlichkeit der Flüche bestimmt genau so gut wie ich – meine Beute wieder zurück auf den Kohlenhaufen, und ich musste warten, bis sich eine bessere Gelegenheit bot.

Die Nickelerde auf den Waggons war nun steinhart gefroren. Ich hatte einen Hammer, um sie erst einmal loszuschlagen, bevor ich sie in den Beutel befördern konnte. Die eisernen Leitern, die an den Waggons hochführten, waren ganz vereist, und es war eine Kunst, mit den dicken, ungeschickten Filzstiefeln dort rauf- und runterzuklettern. Ab und an mogelte ich und ließ einen Waggon aus, nahm dafür von dem gleichen die doppelte Menge Erde. Das fiel dann gar nicht auf. Peter hatte mich auf die Idee gebracht, und auch hier war mal wieder das Motto: „Nur nicht erwischen lassen!"

Der Weg ins Labor war nun auch kein Vergnügen mehr, besonders bei Schneesturm, wenn mein Gesicht ganz verpackt sein musste und der nun endlos scheinende Weg ein hartes Kämpfen gegen den rasenden Sturm war. In der weißen Wüste des Schnees waren die Schienen meine einzige Orientierung, und als ich einmal ganz in meiner Nähe einen Wolf heulen hörte, vielleicht war es auch nur ein einsamer Hund, legte ich den Rest des Weges im Laufschritt zurück.

Bei Sturm bot auch das Häuschen wenig Schutz. Der Schnee wurde unter der Tür hindurch in den Raum geschoben, je nach Richtung des Windes waren bald richtige Schneewehen da, die sich rasend schnell vergrößerten. Ich hockte mich auf den Herd, um noch den letzten Rest von Wärme zu erhaschen. Das Feuer war am Ausgehen, und neue Kohlen konnte ich mir beim Schneesturm natürlich auch nicht holen. Eines Nachts fror ich so entsetzlich, dass ich beschloss, mir etwas Wärme zu suchen. Bei dem Wetter konnten sowieso keine Waggons geladen werden, und so zog ich los.

Im Postenhäuschen an der Lok-Versorgungsstelle hockten ein paar Männer um den kleinen Kanonenofen, der vor Hitze beinahe glühte. Hier hatte man scheinbar Kohlen?! Als die Männer mich in meiner Ecke stehen sahen, riefen sie mich näher an das Feuer heran. Als sie sahen, dass ich todmüde war, empfahlen sie mir eine große, mit warmem Sand gefüllte Kiste als günstigsten Schlafplatz. Das war eine großartige Idee. Ich kuschelte mich in den warmen Sand, und da glücklicherweise bis zum Morgen keine Waggons kamen, schlief ich, bis es Zeit war, ins Lager zu gehen.

Eines Nachts, Peter und ich saßen im Häuschen und warteten auf Arbeit, klopfte es wie verrückt an der Tür. Wir sahen uns entgeistert an. Wer konnte das wohl sein, so mitten in der Nacht?

Es war Herr Preuss, unser vielgeliebter Lagerkommandant. Er war mit seinem Pferdeschlitten vorgefahren, um mich zu einer kleinen Vergnügungsfahrt einzuladen. Preuss hatte sich von den Gefangenen im Dorf ein Haus bauen und einrichten lassen. Er war sehr stolz auf dieses Haus, und nun sollte ich es ansehen. Herr Preuss war etwas unsicher auf den Beinen, und als Peter ihm einen kräftigen Schubs gab, flog er nach hinten über in den Schnee.

Er war ganz schön betrunken und ich froh und dankbar, dass Peter mich so tatkräftig unterstützte. Natürlich war Herr Preuss so wütend, dass er nach Luft schnappte. Als er wieder abfuhr, schwor er fürchterliche Rache. Er rächte sich, indem er mich mit dem ersten Transport mitschickte, der im Frühjahr nach Orsk fuhr. Ich war darüber sehr unglücklich, hatte ich doch hier eine Arbeit, die man für russische Verhältnisse als fabelhaft bezeichnen konnte. Außerdem hatte ich mich an meine Umgebung gewöhnt und wusste nicht, wie es mir in Orsk ergehen würde. Leider war inzwischen auch der russische Major, der uns allen so hilfreich zur Seite gestanden hatte, versetzt worden. Man hatte wohl in Moskau erfahren, dass er uns so gut oder vielleicht zu gut behandelt hatte. Sein Nachfolger versuchte das nun wieder „auszugleichen", indem er ein äußerst strenges Regime einführte. Er war lang und dünn und hieß bei uns nur „der Lange".

Weihnachten in Kasachstan
(Weihnachtsfest 1946)

Schweigend liegt die Steppe
in weißer Einsamkeit,
sie trägt eine silberne Schleppe
wie eine Königsmaid.

Über ihr wölbt sich der Himmel
in ewig wechselnder Pracht,
bald rosiger Wölkchen Gewimmel,
bald sternenbesät bei Nacht,

Kein Baum, kein Strauch wächst hier oben.
Weite, wohin man sieht,
nur ferne, nebelumwoben,
von Orsk ein Lichtermeer glüht,

Doch auch an dieser Stelle
tönt durch die Herzen ein Klang,
dringt durch die Eiseshülle
Weihnachtslieder Gesang.

Kein Christbaum schmückt unsre Räume,
kein Lichtlein am Fenster steht,
und tausend sehnsücht'ge Träume
der Wind nach Westen weht.

Im Herzen müssen wir schauen
die Kerzen, die Tannen so grün,
müssen uns Welten erbauen,
auf denen die Christrosen blühn.

Christ ist auch uns geboren,
die wir verlassen sind,
auch in der Steppe verloren
wieget Maria ihr Kind.

Sie singt ihm mit zärtlichen Worten
das Lied, allhergebracht.
Es klingt uns allerorten:
„Stille Nacht, Heilige Nacht".

So packte ich denn zusammen mit einigen Leidensgenossen mein Bündelchen und zog los, dem zweiten Teil dieses Dramas entgegen.

Gott, du allein weißt, wie alles entsteht,
du weißt auch, wie alles zu Ende geht.
du lässt uns weinen, du lässt uns lachen,
am Abend entschlummern, am Morgen erwachen.
Du allein weißt, was gut für uns ist,
weil du Deiner Kinder nie vergisst.
Und blicke ich zu den Sternen hinauf
und bedenke der Erde wechselnden Lauf,
vergess ich den Raum, vergess ich die Zeit,
und beuge mich Deiner Unendlichkeit.

Orsk – Frühjahr 1947 bis Oktober 1949

Als ich nach Orsk fuhr, begann die Sonne schon wieder wärmer zu scheinen, und auf der Fahrt sahen wir blühende Tulpen und Schwertlilien. Zum Abschied waren Victor und Peter ans Lagertor gekommen, um zu sagen, wie leid es ihnen täte, dass ich nun nicht mehr bei der Nickelprobe arbeiten würde. Sie wünschten mir recht viel Gutes für die Zukunft, hauptsächlich, dass ich doch noch einmal nach Hause kommen möge.

Wir fuhren wieder in Viehwagen, unter Postenbewachung. In diesen menschenleeren Gebieten gibt es nur eingleisige Schienen, und oft mussten wir an einer Ausweichstelle stundenlang warten, damit ein anderer Güterzug an uns vorbeifahren konnte. Dieser Umstand hatte auch die Hinfahrt so sehr in die Länge gezogen.

Während das Arbeits- und darum das Lebenszentrum von Kimpersai die Nickelgrube gewesen war, befanden wir uns in Orsk im Machtbereich der enorm ausgedehnten Nickelfabrik, die mit ihren hohen Schornsteinen, aus denen Tag und Nacht graue Rauchwolken zogen, ihren riesigen Schmelzöfen, ihren hässlichen dunklen Arbeitshallen das Leben aller Gefangenen bestimmte.

Wir waren nicht nur Reichsdeutsche hier, sondern im Lager befanden sich auch Rumänen und Ungarn deutscher Abstammung. Es gab in der Nähe ein japanisches Gefangenenlager, und nicht zuletzt gab es Arbeitsbrigaden russischer Sträflinge, die alle von der Nickelfabrik aufgesogen wurden.

Der Posten führte uns durch das wie üblich mit dem roten Stern verzierte Lagertor. Wie üblich hingen überall die Parolen, die Stalin und die siegreiche Rote Armee feierten oder zur Arbeit anfeuern sollten. „Wer nicht arbeitet, soll auch nicht essen" und ähnlich sinnige Ergüsse, die wohl in keinem Gefangenenlager fehlten. Wie üblich, lungerten auch hier die dystrophischen Elendsgestalten herum, die zu schwach waren, um zu arbeiten. Wie üblich, war der Platz vor den Baracken vollkommen aufgeweicht, so dass man knöcheltief im Dreck versank, wenn man nicht aufpasste. Die Baracken waren größer als in Kimpersai und auch besser gebaut, jedenfalls tropfte es hier bei Regenwetter nicht durch die Decke, und auch die großen und kleinen Rinnsale an den Wänden fehlten.

Die Ungarn und Rumänen erkannte man sofort an ihrem besseren Aussehen. Alle Dystrophiker waren Reichsdeutsche. Das kam daher: Als die Russen die Leute aus Ungarn und Rumänien requirierten, wurde ihnen gestattet, eine bestimmte Menge an Gepäck mitzunehmen. Kleidungsstücke, Federbetten, haltbare Esswaren. Sie wussten, dass es nach Russland ging, und hatten die Möglichkeit, sich darauf einzustellen. Das war ein großer Vorteil uns gegenüber. Zudem standen sie mit den Russen auf besserem Fuß als die Reichsdeutschen, die doch alle mehr oder weniger als Kriegsverbrecher angesehen wurden.

Kurz nach unserer Ankunft wurde der russische Offizier, der das Lager geleitet hatte, abgesetzt. Warum weiß ich nicht, das wusste man in Russland ja eigentlich nie. Jedenfalls war das unser Glück, denn der Russe war ein ausgesprochener Deutschhasser, der im Krieg einen Arm verloren hatte und uns wahrscheinlich dafür verantwortlich machte. Durch Schikanen jeder Art reagierte er seinen Hass ab und sorgte dafür, dass alles vor ihm zitterte. Wenn beim Appell etwas nicht klappte, mussten die Schuldigen auf dem Bauch durch den Dreck robben, bis sie nicht mehr weiter konnten. Wurde eine Frau beim Rauchen erwischt, ließ er sie kahl scheren. So atmete alles auf, als er eines Tages aus dem Lager verschwand.

Unser unmittelbarer Vorgesetzter war nun nicht mehr Herr Preuss, sondern ein Deutscher aus Rumänien. Viele der Ungarn und Rumänen konnten gar nicht deutsch sprechen; sie saßen wohl nur ihrer deutschen Vorfahren wegen hier.

Ich habe diesen Rumänen nie um seinen Posten beneidet. Er hatte zwar gewisse Vorteile, wie ein eigenes Zimmer, bessere Verpflegung und beschränkte Freiheiten. Dafür wurde er für alles, was im Lager vorging, verantwortlich gemacht. Auch die Gefangenen machten ihm das Leben schwer, obwohl er sich bemühte, beiden Seiten gerecht zu werden. Meistens schimpften beide Parteien auf ihn, auch wenn er nur Übermittler irgendwelcher unangenehmer Nachrichten war.

Die erste Woche lagen wir im Lager herum, nur damit beschäftigt, Fußböden zu reinigen oder Wasser zu tragen. Die Verpflegung war dementsprechend.

Die Frühjahrsüberschwemmungen hatten viele Bäckereien unter Wasser gesetzt, so dass dort nicht gearbeitet werden konnte. Dazu kamen die Transportschwierigkeiten auf den verschlammten Wegen. So lebten wir von kleinen Mengen Trockenbrotes, das noch nicht einmal so eine Art von Sättigung hervorzugaukeln in der Lage war und außerdem so fürchterlich hart war, dass man sich die Zähne daran ausbrechen konnte.

Als es dann zur Arbeit ging, zogen wir mit den Filzstiefeln los, die wir aus Kimpersai mitgebracht hatten und die sich auf dem Wege zur Arbeit derart mit Wasser voll sogen, dass man meinte, Bleigewichte an den Füßen zu haben. Früh um 7 Uhr standen wir am Lagertor und gingen brigadeweise in die Morgendämmerung hinaus, im Winter war es noch stockdunkel.

Mein neuer Arbeitsplatz war in Meisk, einem im Werden begriffenen kleinen Dorf, besser gesagt einer Siedlung, die von Gefangenen aufgebaut wurde.

Hatten wir Glück, dann wurden wir in Lastwagen nach Meisk gefahren, sonst mussten wir zu Fuß gehen. Es ging immer bergauf, und hatten wir einen der langgestreckten Hügel erstiegen, tauchte schon wieder der nächste vor uns auf. Rechts von unserem Weg, unterhalb der Hügelkette, floss ein Fluss, der von der Nickelfabrik herkam und die heißen Abwässer der Fabrik durch die Landschaft spazieren führte, um diese abzukühlen. An manchen Stellen, die flach und sandig zum Wasser führten, fanden die reinsten Badefeste statt. Gefangene, Russen, Männer, Frauen und Kinder schrubbten sich, mehr oder weniger bekleidet, im heißen Wasser. Die Großmütter dieses russischen Familienbades sahen durchweg schrecklich mager aus, sie bestanden wirklich nur aus Haut und Knochen. Es war mir rätselhaft, wie sie den Weg zum Wasser und wieder zurück schaffen konnten. Große Schüsseln mit Wäsche wurden hierher gebracht und gewaschen, ebenso sämtliche Kinder der Familie.

Wir hockten immer etwas abseits am Wasser und wurden von den Russen mit neugierigen Augen betrachtet. Doch wir ließen uns davon nicht stören. Wenn es irgend möglich war, benutzten wir, wenn wir von der Arbeit zurückkamen, diese Badeanstalt mit dem gleichen Eifer wie die Russen. Manchmal war das Wasser so heiß, dass wir rot wie gesottene Krebse wieder aus dem Wasser herauskamen und es nur ein paar Minuten darin aushalten konnten.

Wenn es am Morgen noch frisch und kühl war, sah man schon von weitem das Wasser, das sich als weiße Dampfwolke durch das Tal schob. In Meisk war die Luft angenehm rein, kam doch der scheußliche Schwefelgestank der Fabrik nicht bis hier herauf. Auf den Hügeln lagen große Gesteinsbrocken, die der Landschaft ein bizarres Aussehen gaben. Ziegen und Kälber liefen herum, und in der Ferne sah man den Flusslauf des Urals als grünes Band durch die Steppe ziehen. Die einzigen Bäume und Sträucher, die ich in den Jahren der Gefangenschaft in der so armen Landschaft der Steppe sah, waren die, welche die Ufer des Ural säumten. Voller Strudel ist sein Wasser, obwohl er langsam und behäbig seines Weges zieht. Ich nutzte so manche Mittagspause, um zum Fluss zu laufen und, an seinem Ufer sitzend, meine Augen am Grün der Bäume und Pflanzen zu erfreuen.

In Meisk wurden wir nicht so streng bewacht wie in der Fabrik oder an anderen Arbeitsstellen, und so hatten wir hier mehr Kontakt mit den Russen, die in der Umgebung wohnten. Da blühte der Handel, Bauholz wurde gegen Kartoffeln oder Melonen getauscht, von uns ausgeführte Maurerarbeiten gegen Brot oder Milch.

Ich war Potzomnik, auf deutsch Zulanger, bei Stefan, einem ungarischen Maurermeister. Ich trug Zement, Sand und Steine in so genügender Menge, dass die Arbeit ohne Unterbrechung vorwärtsgehen konnte. Die Steine waren große, schwere Klötze von grauer Farbe und rauer, poröser Außenseite. Sie wurden aus Schotter und Zement gemacht und waren scheußlich zu tragen, weil die raue Außenseite die Hände schwer malträtierte. Solange Stefan im Erdgeschoss arbeitete, war das Heranholen des Baumaterials nicht so schwer; es wurde erst richtig mühsam, wenn ich mit meinen Lasten aufs Gerüst klettern musste, das meistens auch noch sehr unzulänglich aufgebaut war. Mein Rücken tat mir oft am Abend so weh, dass ich mich nicht mehr von der Pritsche rühren mochte. Aber darauf nahm natürlich keiner Rücksicht, und so schleppte ich, siebte Sand, mischte Zement darunter, tat gelöschten Kalk dazu und war froh über jeden Tag, der vorüber war. Stefan war sehr nett, wir redeten in einem Kauderwelsch von Ungarisch und Deutsch miteinander, das heißt, er versuchte, Deutsch zu lernen und ich Ungarisch. Wir verstanden uns trotz der Sprachschwierigkeiten gut, und nach einigen Monaten weihte mich Stefan in die Künste des Maurerhandwerks ein. Das war erheblich angenehmer und interessanter als das Zutragen, und ich gab mir große Mühe, ein guter Maurer zu werden. Schwierig wurde es, als ich lernen musste, die Decke zu verputzen. Der verdammte Putz wollte nicht oben bleiben und fiel in dicken Klößen immer wieder auf meinen Kopf. Es gehörte auch eine ganz schöne Portion Kraft dazu, das Zeugs so in die Höhe zu schmettern, dass es kleben blieb. Aber so langsam lernte ich auch das, wenn ich auch nie den Schwung und die Geschicklichkeit Stefans erreichte, dafür war er ja auch Maurermeister. Meine Fingerspitzen waren manchmal so angegriffen von der ständigen Arbeit mit dem kalkhaltigen Verputz, dass sie blutig waren. Außerdem hatte ich im Handgelenk eine Sehnenscheidenentzündung, die sehr schmerzhaft war. Es fällt einem eben nichts in den Schoß. Für alles muss man Lehrgeld zahlen, überhaupt als Gefangener.

Währenddessen war es wieder Sommer geworden, die heißen Sandstürme fegten über die Steppe, zerrten an den gelb versengten Gräsern und bildeten meterhohe Wirbel, die man schon von weitem sehen konnte.

Wenn mittags die Sirenen der Fabrik zu heulen begannen, fielen wir erschöpft auf irgendein Brett des Neubaues, um dort auszuruhen. Mein Brot hatte ich meistens schon zum Frühstück verputzt und musste nun bis zum Abend aushalten. Zu trinken hatten wir gottlob genug.

Zu den Tauschgeschäften war ich leider ebenso ungeeignet wie zum Klauen. Ich war viel zu schüchtern, um in irgendein fremdes Haus zu gehen und einen Handel anzufangen. Als es mir ein einziges Mal gelang, einen Arm voll Holz, den ich auf dem Bauplatz gesammelt hatte (das war natürlich verboten), gegen eine herrliche goldgelbe Melone einzutauschen, war ich wahnsinnig stolz auf diese Leistung.

Stefan war auch auf diesem Gebiet erheblich tüchtiger als sein Lehrling, doch da er getreulich alles mit mir teilte, kam ich trotz meiner Unfähigkeit in den Genuss von Melonen oder auch manchmal Kartoffeln. Das war mein Glück, denn meine sämtlichen Zähne begannen bereits locker zu werden und der Arzt hatte ganz gemütlich erklärt, ich solle zusehen, wie ich zu Vitaminen käme. Wie ich das machen sollte, das sagte er mir nicht, er meinte nur, ich könne ja mal versuchen, im Gemüsekeller etwas zu klauen.

Auf dem Weg nach Meisk kamen wir immer an Häusern vorbei, die nicht wie üblich aus Lehm, sondern aus Steinen erbaut waren, die hier überall zu finden waren. An den Außenseiten hatten die Häuser keine Fenster. Sie bildeten eng zusammenstehend einen Innenhof, in den kleine Fenster und

Türen gingen. Der furchtbaren Steppenwinde wegen waren die Häuser so gebaut, sie kehrten eng aneinandergeschmiegt dem Wind ihre Rückseite zu. Hier wohnten die Kasachen. Unverkennbar asiatischen Ursprungs, hatten sie stark hervorstehende Backenknochen, schwarze glatte Haare und Schlitzaugen. Sie waren klein, mager und drahtig, mit krummen Säbelbeinen. Die Frauen trugen lange Zöpfe, in die Münzen hineingeflochten waren. Ich hielt einmal eine von ihnen fest und machte ihr Zeichen, mir doch einmal die Münzen in ihrem Zopf zu zeigen. Zu meinem großen Erstaunen waren es Maria-Theresientaler. Es ist mir rätselhaft, wie die dorthin gelangt sind. Im Gegensatz zu den Tschetschenen brauchten die Kasachen nicht für die Russen zu arbeiten. Sie lebten ganz für sich, ihr Reichtum waren die Ziegenherden, die sich von dem dürren Gras der Steppe ernährten und ihnen Fleisch und Milch gaben. Einmal schaute ich in so ein armseliges Kasachenhaus und erblickte eine Frau, die vor einem Heiligenbild kniete und betete. Nach kurzer Zeit stand sie auf, um mit ihren schrecklich schmutzigen Füßen in einem Bottich mit Butter herumzutrampeln. Nach kurzer Zeit des Arbeitens gab sie sich wieder dem Genuss ihrer Andacht hin, ohne mich bemerkt zu haben.

Wir gingen am Abend immer mit einem Gefühl des Unbehagens wieder ins Lager zurück, denn eigentlich gab es allabendlich eine unangenehme Überraschung, der man sich nicht entziehen konnte. Sei es die ärztliche Untersuchung, von uns Viehmarkt genannt, zwecks Arbeitsgruppeneinteilung, sei es das Verpassen von Spritzen, das immer mit Fieber und Schüttelfrost als Folgeerscheinung verbunden war, sei es das immer wiederkehrende Umorganisieren von einer Baracke in die andere oder das nächtliche Ausladen von Waggons, das wir ganz besonders hassten.

Im Sommer hatten wir die Möglichkeit, uns draußen im Hof zu waschen. Es gab lange Zementbekken mit Wasserhähnen. Wenn man Glück hatte, erwischte man einen Platz, ohne stundenlang darauf warten zu müssen. Im Winter war das alles, in einen Raum zusammengepresst, erheblich umständlicher. Jedenfalls gab es Wasser in genügenden Mengen, und das war nach den Zeiten, in denen ich so furchtbaren Durst gelitten hatte, eine unbeschreibliche Wohltat für mich und alle anderen.

Nach der abendlichen Kohlsuppe, die manchmal umwerfend scheußlich schmeckte, konnten wir, wenn der Abendappell vorbei war, noch ein wenig innerhalb des Stacheldrahtes spazieren gehen, wenn nicht gerade eine Arbeit im Lager das bisschen freie Zeit für sich in Anspruch nahm. Meistens war ich todmüde und froh, wenn ich schlafen konnte.

Sobald es dunkel wurde, zogen wir bei gutem Wetter mit unseren Strohsäcken vor die Barackentür, um den ewig hungrigen Wanzenhorden zu entgehen, die drinnen schon auf ihre Opfer warteten. Dann kam die schönste Stunde des sonst an Schönem so armen Tages.

Der wunderbare Sternenhimmel, dessen Sterne so nahe zu sein schienen und der eine solche Ruhe und einen so tiefen Frieden ausstrahlte, dass ich mich bei seinem Anblick jedes Mal von neuem getröstet fühlte. Zwei Jahre war ich nun schon von zu Hause fort, von allen Menschen und allen Dingen, die mir etwas bedeuteten. Ich hatte noch nichts von meinen Eltern gehört, nichts von Helga, die ich bei ihnen hoffte. Ich litt wahnsinnig unter diesem Heimweh, stärker als unter all den Entbehrungen, die das Leben als Gefangene so mit sich bringt. Trotzdem kam es mir nie in den Sinn, gegen dieses mein Schicksal anzuhadern. Ich wusste, dass jedes Leid einen Sinn hat, haben muss, und dass ich wohl als ein anderer Mensch aus dieser harten Schule entlassen werden würde, falls ich am Leben bliebe.

Von ganzem Herzen war ich dankbar und froh, dass Helga damals gefahren war, hätte sie mir doch durch ihr Bleiben ein Gefühl der Schuld auferlegt. Ich war allein, hatte nur für mich einzustehen und brauchte mich nicht um einen anderen zu sorgen. Sehr bibelfest bin ich nie gewesen und auch Kirchenbesuche habe ich nie besonders geliebt, trotzdem fühlte ich mich dem Herrn allen Lebens so stark verbunden und so sicher in seiner Hut, dass mir niemals Zweifel an der Richtigkeit seiner Entscheidungen kamen und dass ich wieder fühlte, er hilft dir schon weiter, auch wenn du meinst, es gäbe keinen Weg. Ja, es war schön und tröstlich, in die Sterne zu schauen.

Wenn es nachts zu regnen begann, mussten wir wieder mit Sack und Pack in die Baracke ziehen zu den Wanzen, die ganz gewiss hocherfreut waren, uns wiederzuhaben. Jeden Sommer wurden die Baracken ausgeschwefelt, und dann kampierten wir tagelang unter freiem Himmel, was besonders bei Regenwetter sehr unangenehm war. Dann wurde alles durch und durch nass und schmutzig, und unausgeschlafen zogen wir zur Arbeit. Wenn sich die Baracken, die für diese Prozedur ganz fest verschlossen wurden, wieder öffneten, konnten wir Schaufeln voll toter Wanzen hinauskehren, und danach hatten wir für ein paar Monate Ruhe.

Alle drei Monate war ärztliche Kommission, um die Gefangenen in Arbeitsgruppen einzuteilen. Gruppe 1 waren die Schwerarbeiter, die zwar eine bessere Verpflegung bekamen, aber dafür in der Nickelfabrik an den Öfen sehr ungesunde und schwere Arbeit zu verrichten hatten, die sie nicht lange aushielten. Gottlob war ich nie dabei. Beim

„Viehmarkt" mussten wir splitternackt antreten, um vor dem Arzt zu erscheinen. In dem dafür bestimmten Raum war aber nicht nur der Arzt, sondern auch sämtliche Offiziere, die gerade nichts zu tun hatten, und oft auch der Direktor der Nickelfabrik, der dikke Herr Feinstein, der sich persönlich von dem Gesundheitszustand seiner Arbeiter überzeugen wollte. Natürlich nur dem der Frauen, für die Männer hatte er da weniger Interesse. Es war widerlich, und ich wartete möglichst bis zum Schluss dieses Schauspiels, bis es ihnen allen langweilig geworden war, nackte Frauen anzusehen. War Herr Feinstein guter Laune, liebte er es, einen Klaps auf ein nicht zu mageres Hinterteil zu geben oder auch dorthin zu kneifen. Ich hätte ihn am liebsten umgebracht, wenn er so lüstern grinste, als wären wir alle vogelfrei für ihn. Machen konnte man natürlich gar nichts, wo hätten wir uns wohl beklagen können?

Die Sommer sind heiß und trocken. Die heißen Winde fegen den roten Staub der Fabrik kilometerweit über die Steppe. Er dringt durch die Kleidung bis auf die Haut, in die Augen, in die Nase, zwischen die Zähne. Wenn wir am Abend ins Lager kommen, sind Gesicht und Haare rotverschmutzt.

Nach dem Abendappell treffen sich die verschiedenen Pärchen, die sich im Laufe der Zeit gefunden haben, zu einem kleinen Ausflug entlang des Stacheldrahtes oder zum gemeinsamen Kochen.

Innerhalb des Lagers ist das Fundament einer Baracke, die nie fertiggestellt wurde, und dort ist ein idealer Kochplatz. Überall flackern kleine Feuerchen auf, überall ist geschäftige Tätigkeit. Es gibt Brotsuppe mit Wasser gekocht, die ein stärkeres Gefühl der Sattigkeit vermittelt als das trockene Stück Brot allein. Jedenfalls bilden wir uns das ein. Manche kochen Melde, die als Spinatersatz fungiert und vitaminhaltig sein soll. Es gibt Fleischsuppe aus Zieselmaus, die überall in der Steppe zu Hause ist und in deren Löcher die Männer kochendes Wasser schütten, um die armen Tierchen dann dort rauszufischen. Die Zieselmaus hat ein braungeflecktes Fell und ist ungefähr so groß wie eine Ratte. Gekostet habe ich sie nie.

Einmal wurde ich zu Ziegenbraten eingeladen. Eine kleine Ziege von der Herde eines Kasachen hatte daran glauben müssen. Sie war zwar geklaut, schmeckte aber dennoch sehr gut.

Irgendeinen Platz, um für sich allein zu sein, haben die Pärchen im Lager nicht, höchstens wenn sie zusammen arbeiten. Um so erstaunlicher ist es, dass ab und an eine Frau in andere Umstände kommt. Anfangs wurde das zu erwartende Kind auf Befehl aus Moskau beseitigt, wie auch bei den russischen Frauen Abtreibungen vom Staat durchaus gebilligt wurden. Später wurde der Eingriff verboten, besonders bei uns im Lager, wo viele Frauen versuchten, auf diese Weise die Heimfahrt zu erzwingen.

Die zukünftigen Eltern müssen, wenn die Schwangerschaft nicht mehr zu verheimlichen ist, beim Kommissar ein strenges Verhör über sich ergehen lassen. Wo, wann, warum usw. Zum Schluss eine Predigt über die Unmoral der deutschen Gefangenen! –

Das erste Kind, das geboren wird, ist ein wonniger kleiner Bengel. Er heißt Karlchen, und wenn mal wieder eine Kommission ins Lager kommt, ist Karlchen der erste, der vorgezeigt wird. Trotzdem ist es furchtbar, in der Gefangenschaft ein Baby zu bekommen. Keine Windeln, keine Milch, ganz selten mal ein wenig Zucker. Bis zum Schluss müssen die Frauen arbeiten, und sehen in ihren alten Fetzen entsetzlich unförmig aus. Wenn die Geburt beginnt, werden sie im Lastwagen ins Dorf gefahren, denn dort ist das Krankenhaus. Der Weg dorthin muss für eine Frau in den Wehen schon allein eine Tortur gewesen sein. Jeder, der russische Wege sowie russische Lastwagen nebst Chauffeuren kennt, wird mir recht geben. Im Krankenhaus angekommen, werden die Frauen den Hebammen und Ärzten übergeben, die grob und wenig liebenswürdig sind. Betäubungsmittel sind nicht vorhanden.

Ich litt eine Zeitlang unter chronischen Blinddarmschmerzen. Weil ich dabei auch erhöhte Temperatur hatte, ohne Temperatur gibt's im Gefangenenlager keine richtige Krankheit, durfte ich für drei Wochen im Lager bleiben. Als die Sache sich, ohne besser zu werden, weiter in die Länge zog, stellte der Arbeitsoffizier mich vor die Entscheidung, entweder arbeiten zu gehen oder den Blinddarm herausnehmen zu lassen. Glücklicherweise klärte er mich darüber auf, dass die Operation selbstverständlich ohne Narkose vor sich gehen würde. Er hätte das auch schon durchgemacht, und es wäre weiter gar nicht schlimm. Man hätte nur einen kleinen Augenblick Schmerzen. Wahrscheinlich ist er nach diesem kleinen Augenblick ohnmächtig geworden. Jedenfalls verzichtete ich auf diese Operation und ging arbeiten. Den Blinddarm habe ich heute noch.

Unsere neue Ärztin, Ärzte wechselten bei uns sehr oft, witterte überall Schwangerschaften und versuchte, jeden mit verfänglichen Fragen hereinzulegen. Mir wurde oft schwindlig, wenn ich oben auf dem Gerüst herumkletterte, wahrscheinlich vor Hunger oder Schwäche. Jedenfalls suchte ich besagte Ärztin auf, um eventuell ein paar geruhsame Tage im Lazarett herauszuschlagen. Sie kreischte mich sofort an: „Sie sind schwanger!"

Ich versuchte ihr klarzumachen, dass das völlig unmöglich sei, aber sie war nicht so leicht von ihrer Lieblingsidee abzubringen. Schließlich stellte sie

TBC fest, natürlich ohne Röntgenapparat, und steckte mich für einige Tage ins Lazarett zur Beobachtung. So konnte ich mich wirklich ausruhen, wie ich es mir gewünscht hatte, außerdem war das Essen etwas besser, und nach zwei Wochen kehrte ich mit neuen Kräften an meinen Arbeitsplatz zurück.

Der Vorgänger unserer Ärztin war ein alter, gemütlicher „Onkel Doktor" gewesen. Leider soff er wie ein Loch und wurde deshalb oft von den Offizieren ausgeschimpft, auch in unserer Gegenwart. Einmal hatten sie ihn ausgesperrt, und er saß, als wir von der Arbeit zurückkamen, total betrunken vorm Lagertor. Er hatte ein gutes Herz, und wenn es irgend möglich war, schrieb er uns krank. Wegen einer geringfügigen Sache steckte er mich ins Lazarett, zwinkerte mit den Augen und sagte: „Na, geh mal Mädchen, schlaf dich aus, hast es nötig." Kein Wunder, dass wir trauerten, als er fort musste.

Nie werde ich den Tag vergessen, an dem ich die erste Post von zu Hause bekam. Es war im Herbst 1947, und wir kamen aus Meisk zurück, als man mir, wir waren gerade am Lagertor angelangt, erzählte, dass Post für mich da sei. Zum ersten Mal ein Lebenszeichen von meiner Familie, endlich die Gewissheit, dass noch jemand lebte, dass ich doch nicht ganz allein auf der Welt war! Niemand, der das nicht selbst erlebt hat, kann sich diese unbeschreiblichen Gefühle der Freude und des Glückes vorstellen. Als ich die Karte meiner Mutter in der Hand hielt, konnte ich vor lauter Tränen gar nichts lesen, nur die Worte „Deine Mutti" sah ich und war nicht fähig, auch nur ein einziges Wort herauszubringen.

Später, als es dunkel war und es im Lager still wurde, schlich ich mich hinaus, hinter die Baracke, bis zum Zaun, um für mich sein zu können, um mit denen Zwiesprache zu halten, nach denen ich mich so brennend sehnte. Es war schon herbstlich kühl, und es roch nach feuchter Erde, als ich mich ins Gras legte, um meinen Trost in den Sternen zu finden.

Nun bekam ich öfters Post und durfte auch jeden Monat eine Karte nach Hause schreiben.

Helga war auf Umwegen und nach Überwindung vieler Schwierigkeiten bei meinen Eltern, die inzwischen in Hamburg eine neue Bleibe gefunden hatten, angekommen. Sie hat einige Zeit darauf geheiratet, und ich wurde Patin ihres Töchterchens Cornelia, das geboren wurde, als ich noch in Russland war.

Für jeden von uns war es das größte Glück, Post von zu Hause zu bekommen, und das Postausteilen war das aufregendste, schönste oder traurigste Ereignis der Gefangenschaft. Meine gute Mutter schrieb jahrelang täglich eine Karte an mich, und wenn auch nur ein Bruchteil davon ankam, so gehörte ich doch zu den viel Beneideten und Glücklichen, die öfters eine Karte bekamen.

Inzwischen hockte ich auf den Dächern der Meisker Siedlungshäuschen und verputzte Schornsteine. Die Dächer bestanden aus Wellblech, und meine Schuhe hatten eine dicke Holzsohle, aus einem Stück verfertigt, die beim Gehen nicht nachgab. So rutschte ich auf den Dächern herum, während ein kräftiger Herbstwind mich von allen Seiten packte und herunterzublasen versuchte. Es war sehr mühsam, unter diesen Umständen das Gleichgewicht zu halten, zumal ich dabei ja auch noch arbeiten sollte. Ich weiß selbst nicht, wie ich das zustande gebracht habe. Jedenfalls bin ich nie heruntergefallen. Als der Winter kam, waren alle Schornsteine verputzt.

Die Blätter an den Ufern des Ural färbten sich gelb, die Baracken wurden für den Winter hergerichtet, und im Lager sprach man von nichts anderem als von der Heimkehr, die bestimmt vor den Winterstürmen, die dann Teile der Bahngleise unpassierbar machen würden, erfolgen müsste. Tausend Gerüchte gingen von einer Baracke zur anderen, wir nannten sie Latrinenparolen. Keiner wollte wahrhaben, dass uns noch ein grausiger Winter bevorstand. Wie gut, dass wir damals nicht ahnten, dass es noch zwei Winter werden würden, die wir durchzustehen hatten, und dass wir erst im Herbst 1949 Russland verlassen durften.

Während des Herbstes mussten wir oft übers Wochenende auf die Kolchose, um zu helfen, noch vor der großen Kälte die Kartoffeln aus der Erde zu bringen. Da war dann auch der Sonntag futsch, den wir so dringend zum Ausruhen und auch zum Instandhalten der wenigen Kleidungsstücke brauchten. Wenn wir am Sonnabend gegen Abend von der Arbeit zurückkamen und die Lastwagen vor dem Lagertor stehen sahen, hatten wir schon den Kanal voll, wie man so schön sagt. Noch in der Nacht ging's los, ca. zwei Stunden lang bis zu den Kolchosen. Dort war ein Teil der Internierten schon seit Monaten zur Frühjahrsbestellung, zur Bewässerung und zur Ernte. Die Bewässerung war das wichtigste Problem hier in der Steppe. Die Felder waren von Bewässerungsgräben durchzogen, die das lebensspendende Nass an die Pflanzen heranführten. Das Wasser kam aus einem Stausee und wurde von einem Pumpwerk in die Gräben gepumpt. Die Gefangenen, meistens Frauen, mussten die Gräben machen, das Einlaufen des Wassers regulieren, pflanzen, Unkraut jäten und vieles mehr. Im Sommer brannte die Sonne erbarmungslos vom Himmel. Es gab auch hier keine schattenspendenden Bäume, und die Arbeit war nicht leicht. Wer nicht fähig war, seine Norm zu erfüllen, musste entweder nachts auf dem Felde bleiben, oder ihm wurde das Essen gekürzt. Im großen und ganzen war das Essen hier besser als im Lager, denn es gab auf den

Feldern Kohl, Kartoffeln, Zwiebeln, Tomaten und Paprikaschoten.

Wenn wir zur Zeit der Ernte nachts auf den Kolchosen ankamen, war natürlich nichts für unsere Ankunft vorbereitet. Wir wurden mit dem Befehl entlassen, uns irgendwo eine Stelle zu suchen, wo wir den Rest der Nacht verbringen konnten. Das war ein Kunststück, denn draußen war es saukalt und die Baracken ohnehin schon überfüllt.

Sonntag ging es früh hinaus zur Arbeit. Wir mussten Kartoffeln nachlesen. Es war herbstlich kalt und feucht, und wir arbeiteten so schnell wie möglich, um die Norm zu erfüllen und auch, um warm zu werden. Dass bei dieser Normerfüllung, jeder hatte ein bestimmtes Stück des Feldes von Kartoffeln zu säubern, viele Kartoffeln liegen blieben und dann erfroren, ist sicher ganz natürlich. Die Leute auf den Kolchosen, auch die Russen, hatten gar kein Interesse für ihre Arbeit, keine Verbundenheit mit der Erde, die sie bearbeiteten. Es war das Land, das dem Staat gehörte, warum sollten sie mehr tun als unbedingt notwendig? Die Russen auf den Kolchosen lebten auch hier in kleinen Lehmhäusern, die von einem Stückchen Land umgeben waren, wo sie für sich pflanzen und ernten konnten. Wenn sie besser gestellt waren, besaßen sie eine Kuh und konnten sich den Luxus der Milch leisten. Am Sonntagabend ging es wieder zurück ins Lager.

Meist mussten wir stundenlang warten, bis endlich die Lastwagenchauffeure kamen, um uns abzuholen. Die hatten nämlich wenig Lust, am Sonntag zu arbeiten, und so ließen sie sich Zeit. Das einzig Gute dieser Kolchosenfahrt war, dass wir uns einmal richtig an rohem Gemüse satt essen konnten. Spät in der Nacht kamen wir wieder im Lager an, die Taschen vollgestopft mit Tomaten, Zwiebeln oder Paprikaschoten. Früh am nächsten Morgen ging's wieder hinaus nach Meisk.

Als der Winter begann, musste die Arbeit in Meisk unterbrochen werden. Nur noch in den Häusern selbst konnte gearbeitet werden. Und auch dort nur, wenn Wasser und Sand auf primitiven Koksöfchen vorher angewärmt werden konnten. Doch das war oft vergeblich, und der ganze Verputz fiel wieder von den Wänden, wenn es im Frühjahr anfing zu tauen.

Ein paar Häuser waren schon fertiggestellt worden, und die Leute zogen sofort ein. An Möbeln hatten sie so gut wie nichts, wenn es hochkam ein Bett für eine Familie. Doch an den Fenstern standen Töpfe mit Pflanzen, und das sah immer so versöhnlich aus.

Als wir einmal von Meisk zurückkamen, war ich vorausgelaufen zum heißen Wasser, das nun, in Dampfwolken gehüllt, seines Weges zog, um irgend etwas auszuwaschen. Wir mussten gemeinsam am

Lagertor ankommen, und wer waschen wollte, musste sich beeilen, um rechtzeitig fertig zu werden.

Ich hockte am Wasser und beobachtete die russischen Sträflinge, die auf der anderen Seite des Wassers beschäftigt waren, einen Wall von schwarzem Schotter glatt zu planieren. Das andere Ufer ging steil in die Höhe, und ich konnte genau sehen, was sich da oben abspielte. Der Posten, der die Sträflinge bewachte, schimpfte auf zwei von ihnen, die anscheinend nicht richtig oder nicht schnell genug arbeiteten. Die beiden wurden wütend, und ich hörte ein heftiges Geschrei. Dann knallten mehrere Schüsse, und zwei Gestalten rollten den Abhang zum Wasser hinunter. Sie waren tot. Nie werde ich diesen Anblick vergessen. Später sollte ich die Sträflinge näher kennen lernen, denn ich wurde dazu abgeteilt, ihnen Essen und Wasser zu bringen.

Als die Arbeit in Meisk aufhören musste, kamen wir zu Ausbesserungsarbeiten in die Nickelfabrik. Zum ersten Mal musste ich ohne Stefans Hilfe selbständiger Maurer sein! Das heißt, ich reparierte nicht nur kaputte Stellen an der Wand oder in der Decke, sondern ich musste mir auch selbst alles organisieren, was zu diesen Reparaturen gehörte, wie Gerüst, Leiter, Eimer und vieles mehr. Da alle diese Dinge nur äußerst mangelhaft vorhanden waren, klaute ich, wo ich sie irgend erwischen konnte.

Da ich von Natur aus nicht kleptomanisch veranlagt bin, fiel mir das schwer, und ich sehnte mich nach Stefan, der das sonst immer bestens organisiert hatte. Ebenso schwierig war es, ein Gerüst so zu montieren, dass es nicht zusammenbrach, wenn man darauf stand, um Riesenlöcher in der Decke fachgemäß zu schließen. Ich habe Blut und Wasser geschwitzt, zumal ich im Mittelpunkt des Interesses der Leute stand, die ihre Arbeitsstelle in der Nähe hatten und sich über diese Abwechslung freuten. Inzwischen war es wirklich Winter geworden; in den Fabrikhallen war es eiskalt und zog wie verrückt. Ich fror ganz entsetzlich, und wenn ich mal unbemerkt entwischen konnte, kroch ich hinter eine Maschine oder einen mir unbekannten Riesenapparat, der Wärme ausstrahlte oder wenigstens Windschutz gewährte. Stefan und die anderen Mitglieder unserer Meisker Arbeitsbrigade arbeiteten auch meist in der Nähe, und wir trafen uns dann manchmal an diesen warmen Plätzchen. Natürlich war es nicht gestattet, während der Arbeitszeit Wärmepausen zu machen, und wenn ein Natschalnik in der Nähe war, kam das selbstverständlich nicht in Frage. Gottlob konnten die Natschalniks nicht überall gleichzeitig sein! Sehr beliebt waren bei uns auch die Stellen, an denen man heißes Wasser durchleitete und wo man sich wunderbar die Hände wärmen konnte.

Wenn am Abend die Arbeit beendet war, ging's zum Fabriktor, wo immer ein paar Posten standen, die jeden untersuchten, das heißt, nach geklauten Sachen abtasteten, der die Fabrik verließ. Dort gab es nämlich so allerlei, was man als Sträfling außerordentlich gut gebrauchen konnte: Kohlen und Koks, Nägel und Nickelstückchen, die als Kämme, Ringe oder Anhänger verarbeitet wurden. Es gab große und kleine Stücke Stoff, die aus grobem Baumwollfaden bestanden und zum Filtern von nikkelhaltiger Flüssigkeit gebraucht wurden.

Durch das Filtern waren sie meist hellgrün gefärbt und sahen sehr hübsch aus. Aus diesen Stoffstückchen wurden die Fäden herausgezogen, aneinandergeknotet und zu sämtlichen Kleidungsstücken verarbeitet, das heißt verstrickt, die wir so dringend notwendig brauchten. Sozusagen als Sonntagsgarderobe sämtlicher Männer und Frauen des Lagers. Ich glaube, es gab keinen, der nicht irgendein Stück dieser geknoteten Baumwolle am Leibe trug.

Ich besaß ein gestricktes Höschen, eine Bluse und eine selbstgemachte Jacke. Für Stefan strickte ich Socken, wobei sogar die Hacke anstandslos hinkam. Während meiner Schulzeit hatte meine Großmutter sich immer dieses Teiles erbarmen müssen; nun musste ich allein damit fertig werden und wurde es auch.

Die Stücke Stoff, sie sahen aus wie grob gewebtes Leinen, mitzunehmen war natürlich streng verboten. Sie wurden unter der Wattekleidung eng um den Leib gewickelt und befestigt. Selten wurde jemand erwischt, hatten die Posten am Fabriktor doch gar nicht soviel Zeit, jeden einzelnen genau zu prüfen, zumal auch die Russen kontrolliert wurden. Im Lager florierte ein flotter Handel mit den Stoffstückchen, und wer nicht den Mut zum Klauen und Durchmogeln hatte, konnte auch gegen einige Brotrationen in den Besitz von Strickgarn kommen.

Wenn gegen Abend die Fabriksirene pfiff und ich möglichst schon ein bisschen früher mein Arbeitszeug verpackt hatte, versuchte ich, in irgendeiner Zeche ein Bad ohne Aufsicht zu erwischen, um zu duschen. Da wir als Maurer keiner bestimmten Zeche angehörten, hatten wir kein Anrecht auf Sauberkeit. Die Wärterinnen in den Duschräumen waren gräuliche alte Hexen, die uns sofort hinauswarfen, wenn sie uns bemerkten. Es war die einzige Möglichkeit, sich rasend schnell auszuziehen und unter die Dusche zu laufen. Splitternackt konnten uns diese Weiber schlecht hinausjagen. Mein Gott, was bin ich da beschimpft worden, und manche von ihnen wurden sogar handgreiflich, zumal sie genau wussten, dass wir zu den „woina plenni" gehörten, die kein Recht hatten, sich irgendwo zu beklagen.

Vom Lager gingen wir alle 14 Tage zum Baden und Entlausen, und zwar in der Nacht! Wir wurden dann geweckt und marschierten zur „Banja", die in der Stadt Orsk lag. Hatten wir Glück, kamen wir sofort dran. Wenn nicht, mussten wir warten, bis das Bad frei war. Das Bad bestand aus einem großen Raum zum An- und Ausziehen und einem noch größeren zum Baden. Dort standen lange Holzbänke mit Metall- oder Holzschüsseln. An den Wänden gab es Hähne mit kaltem und heißem Wasser. Jeder bekam ein winziges Stückchen Schwimmseife, und dann konnte es losgehen. Der Baderaum war so voller Dampf, dass man keine zwei Schritte weit sehen konnte. Der Boden war glitschig von der vielen Feuchtigkeit, und man musste aufpassen, dass man nicht ausrutsche. Während wir uns wuschen, waren unsere Kleider in der Entlausung, es gab nämlich immer noch Läuse, die man sich stets von neuem holte, besonders wenn wir mit den Russen zusammenarbeiteten.

Nach dem Baden wurden Freiwillige gesucht, die Sachen aus der Entlausungskammer wieder herausholten. Niemand wollte gehen, denn es war dort drinnen so unerträglich heiß, dass ich es mir in der Hölle kaum schlimmer vorstellen könnte. Die eisernen Bügel, auf welche die Kleider aufgehängt wurden, waren so heiß, dass man sie nur mit dicken Wattehandschuhen anfassen konnte. Es blieb einem die Luft weg, und wer nicht vollkommen gesund war, der brauchte in diese höllische Kammer nicht hineinzugehen. Natürlich waren in diesem Moment alle leidend… Wenn die Kleider glücklich wieder herauskamen, so heiß, dass man sie kaum anfassen konnte, begann das große Schubsen, Drängeln und Suchen. Wattekleidung sieht sich sehr ähnlich, und es gab liebe Mitgenossinnen, die bei diesen Gelegenheiten versuchten, zu besseren Klamotten zu kommen. Da musste man schwer aufpassen.

Nachdem alle angezogen waren, ging's wieder zurück, ungefähr eine Stunde, bis zum Lager. Im Winter schlug uns nach der Hitze des Badens die Kälte wie mit Messern ins Gesicht, und wehe ein nasses Haar sah irgendwo aus der Verpackung heraus. Es war in Sekundenschnelle so hart gefroren, dass man es abbrechen konnte.

Mir war immer so merkwürdig ums Herz, wenn wir so in der Nacht durch die Stille des schlafenden Ortes zogen. Da und dort brannte in einem Fenster ein Licht, und ich musste denken, wer da wohl wohnt, was für ein Mensch es ist und ob er vielleicht auch so einsam und traurig ist wie ich. Im Sommer lagen die meisten Bewohner draußen vor ihren Häusern. Sie hatten genauso unter den Wanzen zu leiden wie wir. Ganz friedlich schliefen sie, ganze Familien beieinander, auf ihren Strohsäcken, und ich konnte mir nicht vorstellen, dass sie zu jenen wilden Horden gehören könnten, die damals in Danzig so grausam gewütet hatten.

Wenn in der Fabrik keine Ausbesserungsarbeiten waren oder es an Zement und Kalk fehlte, wurden wir zu Straßenkommandos abgeteilt. In Kippwagen fuhren wir, mit Schaufel und Pickel bewaffnet, zu den Riesenlöchern der Straßen innerhalb des Fabrikgeländes, die wir zu füllen hatten. Oder wir bekamen hölzerne Tragen, mit denen wir Steine schleppen mussten.

Es war saukalt, überall heulte der Wind, und die grauen, trüben Tage schlichen nur langsam vorbei. Meine Füße, die mit Zeitungspapier oder alten Lappen umwickelt, in den Filzstiefeln steckten, waren ewig eiskalt, ebenso wie meine Hände, die in den riesigen Segeltuchhandschuhen denkbar ungeschickt waren. Hier gab es kein Aufwärmen hinter dicken Maschinen, keine windgeschützten Ecken. Unser Natschalnik hier war ein Ekel, das immer gerade dann auftauchte, wenn man es am wenigsten erwartete. Dabei stand schon immer einer Schmiere, damit jeder sich einmal ausruhen konnte. Da war ich dann froh, wenn es wieder zurück zur Fabrik ging, wo ich doch etwas mehr Schutz fand vor Kälte und Wind.

Weihnachten 1947, es ist mir unvergesslich, hockte ich allein auf meinem mühsam erbauten Gerüst und verschmierte aufgeplatzte Ritzen und abgestoßene Ecken. Ich sang leise Weihnachtslieder vor mich hin, heulte zwischendurch ein bisschen und hatte ganz entsetzliche Sehnsucht nach zu Hause, nach den unvergesslich schönen Weihnachtsfeiern in unserem großen Familienkreis. Ich dachte an die herrliche große Blautanne, die wir mit Mutti zusammen auf dem großen Platz nahe unseres Hauses kauften. Ich ging so gern dorthin, denn es duftete da so gut nach den vielen Tannen, die zum Verkauf standen. Die Wochen vor Weihnachten waren immer voller Spannung, voller Geheimnisse, und ich glaube, es gibt nichts Schöneres als diese Adventszeit in einem harmonischen, großen Familienkreis, so wie das bei uns der Fall war.

Unser gemütliches und geräumiges Musikzimmer, in dem der Bechstein-Flügel stand, auf dem Helga und ich so gerne gespielt hatten, war zu Weihnachten wunderbar geschmückt, und wir Kinder, sechs an der Zahl, hatten jedes unseren Tisch mit den liebevoll ausgesuchten Geschenken. Wie schön war der Baum, wenn er im Lichterglanz erstrahlte, wie feierlich war es, wenn mein Vater die Weihnachtsgeschichte las und wir dann gemeinsam die lieben alten Weihnachtslieder sangen, die ich auch als Kind so ganz besonders liebte.

Wie gern hätte ich jetzt ein kleines Stückchen Pfefferkuchen gegessen, von dem wir damals so viel hatten, dass ich manchmal in meiner Nachttischschublade fast bis zu Ostern kleine, steinharte Stückchen liegen hatte. Nun hockte ich frierend im tiefsten Russland, mich an die Hoffnung klammernd, dass es doch noch einmal ein Wiedersehen geben würde, ein Wiedersehen mit all den Menschen und den Dingen, die das Leben lebenswert machen.

An eine Freundin

Du schaust zurück, und in dir brennt die Sehnsucht nach vergangnen Zeiten.
Lass ruh'n das Alte in des Schicksals Schoß.
Dein erstes Lieben und dein unbeschwertes Lachen,
nie wirst du wieder sie lebendig machen,
das Schönste schenkt das Leben einmal bloß.

Ich weiß, die Gegenwart ist schwer,
und dunkel liegt die Zukunft in der Götter Hand.
Die Tage sind so hart, so jeder Schönheit leer,
dass sie sich dünken wie ein graues Meer,
und ach, vergeblich setzt du dich zur Wehr.

Vergebens trotzest du Gewalten,
die schon von Urbeginn die Welt gestalten,
die über dir und mir,
dem ganzen Kosmos walten,
und die du nicht begreifst in deiner Menschlichkeit.

Doch sieh, so wie die Sonn' am Abend sinkt,
der neue Tag sie wieder bringt,
so wirst auch du nach dunklen Jahren
noch einmal wahres Glück erfahren.

Damals war alles so selbstverständlich gewesen, der Baum, das glückliche Familienleben, die schönen Geschenke, das Sattzuessen. Jetzt wusste ich, dass es auch anders sein konnte. Dadurch bekam ich einen anderen Maßstab zu den Dingen, einen Maßstab, der mich noch heute dazu veranlasst, jeden Tag von neuem dankbar zu sein, wenn ich mich an einen schön gedeckten Tisch setzen kann und so viel zu essen habe, dass ich satt werde.

Die Schule in Russland war hart, aber einprägsam.

Am Abend des 24. hatte Stefan irgendwo eine Kerze aufgetrieben, und so konnten wir sogar bei Kerzenlicht beisammen sitzen und an die Menschen denken, die unseren Herzen so nahe standen.

Ich hatte einen alten, wollenen Unterrock aufgeribbelt und Stefan Wollsachen gestrickt, ein fabelhaftes Geschenk in damaligen Zeiten. Stefan schenkte mir ein hübsches Tuch, als Schal oder Kopftuch zu verwenden. Stefan hatte noch etwas Zucker aufgespart, und so hatten wir sogar Zuckerbrot zur Feier des Tages.

Für den Zucker, den wir, ich glaube, so ungefähr alle Monate bekamen, mussten wir uns oft stundenlang anstellen. Manches Mal passierte es, dass dann keiner mehr da war, wenn man endlich an der Reihe war. Die Offiziere und Posten entschwanden mit großen Tüten, und der kleine Vorrat war schnell verbraucht. Wir bekamen ein kleines Tütchen voll. Ich war so ausgehungert nach Süßem, dass ich sofort alles aufaß. Manche Frauen sparten ihren Zucker wochenlang in einem kleinen Säckchen auf. Sie nahmen beim Essen immer ein Stückchen Brot, schütteten etwas Zucker darauf und taten das, was nicht in den Poren des Brotes stecken blieb, wieder zurück. Ich fand das bewunderungswürdig, aber unmöglich nachzuahmen.

Mit dem Brot ging es mir genauso. Ich aß mich lieber einmal richtig satt, als alle paar Stunden ein wenig. Außerdem konnte es mir auf diese Art und Weise nicht geklaut werden. Das Brot war sehr feucht und dunkel und schmeckte so wunderbar, dass ich jeden Tag von neuem Gott für diese seine Gabe danken musste.

Wenn einmal wieder ein Schneesturm im Anzug war, die meisten Schneestürme gab es im März, sauste der Schnee, in vielen tausend kleinen Wellen sich hin- und herschlängelnd, über die vereiste Steppe. Unsere Filzstiefel hatten glatte Sohlen, und es war fast unmöglich, sich auf dieser spiegelblanken Fläche fortzubewegen. Auch stehen bleiben konnten wir nicht, der eisige Wind drückte uns vorwärts, und es sah aus, als sei die gesamte Oberfläche der Erde in Bewegung. Wenn es gar zu arg war, setzten wir uns auf den Hosenboden und ließen uns ein Stück des Weges treiben. Eis und Schnee pickten wie mit tausend Nadeln, und durch die vereisten Schlitze der Augenlider war kaum etwas zu sehen. Manchmal dachte ich daran, dass es doch ganz leicht sein müsste, nur ein wenig seitwärts zu gehen, fort von den anderen, die viel zu sehr mit dem Sturm beschäftigt waren, um zu bemerken, dass einer fehlte, sich irgendwo fallen zu lassen, um einzuschlafen und nie wieder aufzuwachen. In solchen Augenblicken wurde mir klar, was mir sonst gar nicht bewusst war, dass ich am Leben hing, dass ich noch nicht sterben wollte und die Hoffnung nicht aufgab, hier eines Tages herauszukommen.

Froh waren wir, wenn wir endlich durch den Dunst des treibenden Schnees den Stacheldraht auftauchen sahen, der das umschloss, was uns nun Schutz und Nahrung bedeutete. Wenn wir hereinkamen und Hände und Füße sich zu erwärmen begannen, hatten wir höllische Schmerzen auszuhalten, überhaupt, wenn ein Finger oder ein Zeh angefroren waren. Jeder versuchte, einen Platz in der Nähe des Herdes zu erwischen, dessen Feuer, von Grudekohle gespeist, nur recht kläglich brannte.

Nach dem Abendessen kroch ich gleich auf meine Pritsche, weil ich fror und meistens schrecklich müde war. Wie oft konnte ich dann vor Kälte nicht einschlafen! Meine Füße waren eiskalt und durch Klopfen und Massieren einfach nicht zu erwärmen. Die Decke hatte ich über den Kopf gezogen und in der Gegend der Nase ein Loch zum Atmen gelassen. Die Beine zog ich ganz dicht an den Bauch, um sie besser zu wärmen, aber die Füße blieben kalt.

Einmal brachte ich mir vom Bau einen Ziegelstein mit, den ich zum Warmwerden auf den Herd legte. Als ich dann schlafen ging, legte ich ihn an meine Füße und konnte wunderbar einschlafen, weil ich richtig durchgewärmt war. Nach kurzer Zeit lag der Herd voller Steine, war ich doch nicht die Einzige, die kalte Füße hatte und die ihm zu viel von seiner ohnehin schwachen Wärme nahmen. Daraufhin wurde das Steine Erwärmen verboten. Etwas besser hatte ich es dann, als Stefan mir eines seiner beiden Federbetten lieh, die er sich aus Ungarn hatte mitbringen können. Wie dankbar war ich ihm dafür und wie glücklich, wenn ich mich am Abend richtig zudecken konnte. Es war ein wirkliches Himmelbett für mich.

Wenn wir so durchgefroren heimkamen, träumten wir von warmem Wasser, von angenehm heißen Bädern in der Badewanne, vor allen Dingen von einem warmen Klo. Es war ein Grauen, in diesem Bretterverschlag zu hocken, wo aus den ausgesägten Löchern die menschlichen Exkremente als hartgefrorene Säulen herausragten, die abgehackt werden mussten, wenn sie allzu hoch wuchsen. Es zog schrecklich von unten, und wenn ich über den Hof durch den Schnee gelaufen war, brauchte ich wieder Stunden, um mich aufzuwärmen.

Heißes Wasser gab es nur in der Küche. Einmal war es mir gelungen, ein Kochgeschirr voll heißem Wasser von einer Küchenhilfe zu erbetteln. Ganz glücklich stapfte ich durch die Winterkälte wieder zur Baracke zurück, als ich einen unserer Offiziere – als Ekel bekannt – auf dem Weg traf.

Das Verhör war kurz: „Was hast du da im Topf?" – „Heißes Wasser." – „Wozu?" – „Ich will mich damit waschen." … Hämisches Grinsen seinerseits, und zu meiner ohnmächtigen Wut schüttete er mein so mühsam erbeutetes Wasser aus, indem er mir empfahl, mich mit Schnee zu waschen, das sei sehr gesund. Oh, ich hätte ihn ermorden können, diesen gemeinen Kerl. Wie schändlich es sei, etwas aus der Küche zu stehlen, es hätten doch alle den gleichen Hunger usw. und so fort. Im Grunde genommen hatte er ja recht, aber ich musste mich doch sehr wundern, als ich ihn später aus dem Lager gehen sah. Er hatte seine Familie in Orsk, und aus dem Ärmel seiner Uniformjacke lugte das Ende oder der Anfang einer dicken Wurst. Das sind Theorie und Praxis!

Jeden oder fast jeden Sonnabend gab es Tanz im Gemeinschaftsraum, Klub genannt. Die Kapelle hatte sich sehr herausgemacht, und nach Theateraufführungen, Tanzdarbietungen oder Chorgesängen spielte sie zum Tanz auf. Leiter der Kapelle war Albert, ein Musiker des Zoppoter Kurorchesters, der fabelhaft Saxophon spielte und eine große Schwäche für hübsche Mädchen hatte. Ich spielte Theater, sang im Chor und Solo und erfand neue Liedertexte. Die Theaterstücke wurden mit der Zeit so tendenziös, dass keiner mehr recht Lust zum Mitmachen hatte. Wir sangen im Chor eine Hymne an Stalin, die mit den Worten schloss: „Das Volk, es singt für Stalin, den Geliebten, sein Lied…". Für uns war Stalin alles andere als geliebt, aber da gab's nichts, wenn die russische Lagerleitung diesen Song auf das Programm gesetzt hatte, mussten wir ihn eben singen. Genauso wie wir Theaterstücke spielen mussten, die von Tendenz nur so trieften. Mit „ich kann nicht" war da gar nichts auszurichten. Ich sollte einmal in den Bunker gesteckt werden, weil ich gesagt hatte, ich könne ein Gedicht nicht verfassen. Ich hatte ganz einfach keine Lust dazu, aber im Hinblick auf den eisgekühlten Bunker habe ich es dann doch gemacht.

So war alles erzwungen, selbst das, was uns eigentlich Freude machen sollte und manchmal auch machte.

Wenn der Tanz begann, ging ich zurück in die Baracke. Zum Tanzen muss man fröhlich sein, und gerade das war ich nicht. In den Jahren meiner Gefangenschaft war ich nur einmal zum Tanzen, und da hat es mir auch Spaß gemacht. Wenn getanzt wurde, gingen oft die Offiziere durch die Baracken und fragten alle, die dort waren, warum sie nicht zum Tanzen gegangen seien. Ich schützte immer Müdigkeit vor oder versteckte mich unterm Federbett, um diesen primitiven Fragen zu entgehen. Es war ja wohl nicht schwer zu erraten, warum man in unserer Situation keine Lust zum Tanzen hatte.

Verhört wurde ich oft. Mein Vater war ja ein Kapitalistenschwein gewesen und ich daher sehr vorsichtig. Kapitalistenschweine waren alle, die Angestellte hatten, auch wenn es nur einer war. Mein Vater hatte viele gehabt. Wir besaßen drei gutgehende Textilgeschäfte in Danzig, und darum war er einer der nazistischen Ausbeuter des Proletariats. Immer wieder fragte man mich das gleiche. Wie viele Angestellte mein Vater gehabt hätte, ob darunter Polen und Russen gewesen wären, ob er Parteigenosse gewesen wäre usw. Die Verhöre waren sehr korrekt. Ich wurde ermahnt, die Wahrheit zu sagen, aber nie geschlagen oder gequält. Alle sind wohl nicht so glimpflich davongekommen. Einen ehemaligen Polizisten schlugen sie einmal grün und blau und sperrten ihn dann in den ungeheizten Bunker, nur im Hemd. Einen älteren Herrn aus Danzig, der Fabrikbesitzer gewesen war, brachten sie so zur Verzweiflung, dass er eines Nachts versuchte, sich an seinen Hosenträgern aufzuhängen. Auch einer jungen Frau, sie war höchstens 25 Jahre alt, ging es sehr schlecht, als die Russen herausbekamen, dass sie im KZ Stutthof als Wärterin gearbeitet hatte. Sie behauptete zwar, man hätte sie dazu gezwungen, aber das nahmen ihr die Russen nicht ab. Ich übrigens auch nicht. Sie sah sehr gut aus, hatte grüne Katzenaugen, langes, schwarz-lockiges Haar und die Figur einer Ballerina. In hohen Reitstiefeln, die man ihr sonderbarerweise nicht geklaut hatte, stolzierte sie durchs Lager, in der Hand ein Stöckchen schwingend. Sie suchte immer jemand zur Bedienung, und niemand weinte ihr eine Träne nach, als sie plötzlich aus dem Lager verschwand. Ab und an verschwanden überhaupt irgendwelche verdächtigen Personen, die entweder etwas ausgefressen hatten oder von lieben Mitgenossen verpetzt worden waren.

Einmal wurde ein junges Mädchen zu 5 Jahren Straflager verurteilt, weil sie einem Russen ein Paar Filzstiefel gestohlen hatte. Ihr wurde richtig der Prozess gemacht, und nach der Urteilsverkündung kam sie vom Lager fort, vielleicht noch weiter nach Osten. Ich habe nie wieder etwas von ihr gehört.

Ein junger Rumäne wurde von seinem eigenen Vetter angezeigt, dass heißt verpetzt, dass er bei der Waffen-SS gewesen sei, woraufhin er verschwand.

Um das Stehlen in den Baracken zu vermeiden, musste immer jeweils einer für ein oder zwei Stunden nachts Wache schieben. Jeder war müde nach der schweren Arbeit des Tages, und so hockte der „Planton" unter dem grellen Licht der elektrischen Birne, heftig bemüht, nicht einzuschlafen. Wer vom wachhabenden Offizier schlafend angetroffen wurde, musste mit einer gepfefferten Strafe rechnen.

Es war immer quälend, gegen die Müdigkeit anzugehen, besonders im Winter, wenn man zusätzlich auch noch fror. Trotzdem wurden Filzstiefel geklaut oder vertauscht, verschwanden Wattejacken und Brotrationen.

So verging der Winter mit Kälte, Schnee, Stürmen, viel Arbeit und immer größer werdendem Heimweh. Wie glücklich waren wir, als es nach den schlimmen Märzstürmen anfing, ein wenig wärmer zu werden. Von den Gebirgsausläufern des Ural strömte das Schmelzwasser, und die Straßen von Orsk sowie der Hof unseres Lagers waren ein einziger Morast. Oft blieben mir die Schuhe oder Stiefel stecken, und ich hatte Mühe, sie aus dem zähen Schlamm wieder herauszubekommen. Aber trotzdem, es roch nach Frühling, und wir schöpften wieder neue Hoffnung auf eine baldige Heimkehr. Wieder blühten die allerschönsten Blumen, und über Nacht wurde die kahle Steppe ein grüner Teppich.

Wir machten Entwässerungsgräben, besserten Eisenbahnschienen aus und füllten kleine, auf schmalen Gleisen laufende Kipploren mit großen Steinen, die für Eisenbahndämme gebraucht wurden. Große Eisenstangen bekamen wir in die Hand gedrückt, mit denen wir die Schienen heben mussten, damit Erde und Steine darunter nachgestopft werden konnten. Der russische Vorarbeiter schrie, was das Zeug hielt, und wenn wir seiner Meinung nach nicht kräftig genug auf seine Kommandostimme reagierten, das heißt, die Schienen nicht hoch genug drückten, bedachte er uns mit den scheußlichsten Flüchen. Aber daran waren wir längst gewöhnt.

Die Eisenbahnschienen führten mitten durch die Steppe, und wir liefen oft sehr weit, immer von einer Bohle zur anderen springend, um an unseren Arbeitsplatz zu kommen. So weit das Auge reichte, sah man die Steppe in zartem Frühlingsgrün, vom Gelb, Weiß, Lila oder Blau der Blumen unterbrochen. In der Ferne schimmerten die Berge in bläulichem Dunst, oft noch mit schneebedeckten Gipfeln.

Wie wohltuend war dieser Anblick, besonders am Abend, wenn die Sonne die Berggipfel in ein feuriges Rot tauchte.

Die Kipploren hatten wir oft weit zu schieben. Ein steiler Berg an einem Steinbruch, der uns die Steine lieferte, ist mir noch besonders gut im Gedächtnis. Wie haben wir dort gekeucht, wenn wir die kleinen Wagen hinaufschieben mussten. Auch das Steinesammeln war mühsam, und wenn wir am Abend ins Lager kamen, taten uns alle Knochen weh, ganz zu schweigen von den zerschundenen Händen.

Die Eisenbahn war die einzige Verbindung mit der Außenwelt, und so ist es nicht verwunderlich, dass die Russen den größten Wert darauf legten, sie in Ordnung zu halten. Lange Güterzüge fuhren ebenso durch Orsk wie überfüllte Personenwagen. Mit Sehnsucht und Neugier betrachteten wir die Russen in den Zügen, die an uns vorbeifuhren, und ich wünschte mir nichts so sehr, als fort von hier nach Hause fahren zu können. Die Waggons sahen alt und ungepflegt aus. Anstelle einer elektrischen oder Dampfheizung gab es kleine Öfchen, die geheizt werden mussten. Im ersten Winter in Kimpersai waren ein Teil der Gefangenen immer mit einem Eisenbahnwaggon zu ihrer Arbeitsstelle gefahren worden, der auch so ein Öfchen hatte. Bei einem heftigen Ruck war das Öfchen umgekippt und rotglühend durch den Waggon gerollt, wobei es mehrere Personen schwer verbrannte. Einer Frau war das Gesicht vollkommen entstellt worden, der Haaransatz war in einem breiten Streifen fortgebrannt, die Augenbrauen nicht mehr vorhanden. Dafür zogen sich dicke rote Narben durch ihr Gesicht, Sie flehte immer um einen Spiegelscherben, um sich ansehen zu können. Niemand brachte es übers Herz, ihr die Entstellung ihres Gesichtes in vollem Ausmaße zu zeigen. Sie wurde völlig apathisch, und soweit ich mich erinnern kann, ist sie später doch noch gestorben. Aber das kann ich nicht mit Gewissheit sagen.

Die Güterwagen brachten Hirse, Mehl, Kleiderstoffe neben Kohlen, Maschinen oder Nickelerde. Wenn ein Transport angekommen war, standen die Leute in Orsk stundenlang vor den Magazinen, um ein Stückchen Stoff oder ein Tütchen Hirse zu erwischen. Sie brachten sich Stühle und Decken mit und saßen, wenn es nicht zu kalt war, mit unendlicher Geduld vor den Türen des Magazins.

Die einzelnen Familienmitglieder lösten sich ab bei dieser Warterei, um endlich einmal ein wenig Zucker auf den Tisch zu bekommen oder ein neues Kleid für die Mutter des Hauses. Später liefen so ziemlich alle Frauen in den gleichen Kleidern herum, an den Füßen die fabelhaften Einheitsschuhe mit der Holzsohle. Aber wen störte das schon in

Orsk? Da dankte jeder dem Himmel, wenn er überhaupt etwas auf dem Leib hatte.

Die meisten dieser Russen waren klein und stämmig, trotz der schlechten Ernährung, die Frauen sahen alt und abgearbeitet aus. Sie mussten genau so schwer arbeiten wie wir auch, mit dem Nachteil, dass sie am Abend noch für das Essen sorgen mussten, während wir unseren Teller Suppe vorgesetzt bekamen. Nur selten sah ich so schöne Menschen wie jenen kaukasischen Arzt, der auch strafversetzt im Krankenhaus von Orsk arbeitete und derart fabelhaft aussah, dass einem die Spucke wegbleiben konnte. Er hatte das Benehmen eines Gentleman und war mir schon deshalb sympathisch, weil er mich wegen Unterernährung krank schrieb. Ich bekam daraufhin etwas zusätzliches Essen.

Die Bewohner von Orsk hatten die großartige Sitte, während des Winters ihre festen und flüssigen Abfälle hinter das Haus zu schmeißen. Dort bildeten sich riesige gefrorene Abfallhaufen, die, sobald es anfing, wärmer zu werden, Eis und Schnee zu schmelzen begannen, ganz fürchterliche Düfte verbreiteten. Da hatten wir dann das große Vergnügen, den Mist mit Pickel und Eisenstange aufzuhacken und auf Lastwagen zu laden. Nachdem die Russen, überhaupt die Kinder, uns anfangs mit gemeinen Schimpfworten bedacht, auch öfter mit Steinen bombardiert hatten, ließen sie uns nun, nach drei Jahren der Gefangenschaft, in Ruhe, tauschten auch ab und zu ein paar Worte mit uns.

Die Arbeit auf dem Misthaufen war nicht gerade angenehm, aber doch manchmal recht ertragreich. Da wir praktisch nichts besaßen, konnten wir alles gebrauchen. So sammelten wir alte Kämme, Büchsen, zerbrochene Spiegelscherben und ähnliches mehr.

Einmal sah ich zwei erfrorene Mandarinen liegen, deren starke orangene Farbe aus den Schneeresten leuchtete. Natürlich aß ich diese erfrorenen Dinger mit dem größten Genuss, ohne auch nur auf die Idee zu kommen, dass das vielleicht unhygienisch sein könnte. Wie gesagt, wir hatten andere Maßstäbe zu dieser Zeit. Jedenfalls war das Misthaufenabtragen keinem angenehm, aber doch ertragreich. Dieses Suchen nach brauchbaren Dingen konnte ich mir später nur sehr schwer abgewöhnen, und als ich nach meiner Entlassung 1950 in Frankfurt lebte, war es mir nicht möglich, an einem Müllabladeplatz vorbeizugehen, ohne einen prüfenden Blick auf die Abfälle geworfen zu haben.

Als wir mit den Misthaufen fertig waren, kamen die Latrinen dran. Nur in den wenigsten Häusern von Orsk gab es Toiletten mit Wasserspülung. Die meisten hatten so wie wir im Lager Holzbuden. Diese standen auf der Straße und dienten den Bewohnern mehrerer Häuser gleichzeitig. Während man uns im Lager als kulturlose deutsche Schweine beschimpfte, wenn das Klo nicht immer tadellos sauber war und ständig weiß gechlort, herrschte hier ein grässlicher Schmutz und Gestank. Wir mussten die Berge und Säulen des gefrorenen Kotes aufhakken und auch auf Lastwagen laden. Einige von uns luden auf, die anderen standen auf dem Wagen, um die scheußlich stinkende Last gleichmäßig zu verteilen. Alles ekeln half nichts, wir waren ja Kriegsverbrecher, im nächsten Jahr hatten wir wieder das große Vergnügen.

Da war ich froh, als die Bauarbeit wieder beginnen konnte, es wärmer wurde und wir wieder auf unsere Baustelle nach Meisk marschierten. Die Kasachen kamen aus ihren Steinhäusern hervor und brachten ihre kleinen Herden auf die Weide, wo sie sich zwischen großen Felsbrocken ihr spärliches Futter suchten.

In Meisk war viel Arbeit. Die Mauern, die wir noch während des ersten Frostes verputzt hatten, fielen nun, als es wärmer wurde, wieder zusammen, und wir mussten sie von neuem aufbauen. Aber was machte das? Die Hauptsache war, dass wir im Herbst unsere Norm erfüllt hatten.

Im Juni wird es glühend heiß. Wenn ich nicht zu müde bin, laufe ich in der Mittagszeit zum Fluss, wo es immer grün ist, auch wenn die Sonne das Steppengras schon gelb versengt hat. Der Ural ist hier nicht tief, aber reißend und voller Tücken.

Es ist so schön, ins Wasser zu gehen und von vergangenen Zeiten zu träumen. In den Sommerferien waren wir Kinder immer am Meer gewesen. Unsere Heimatstadt Danzig, an Weichsel und Ostsee gelegen, bot tausend Möglichkeiten für die schönsten Ferienerlebnisse.

Der Strand von Heubude, Bohnsack, Zoppot, Krakau oder Nickelswalde war dünig und von wunderbar weißem, weichem Sand. Stundenlang lagen wir in der Sonne oder sahen von einer Mole aus dem ewig wechselnden Spiel der Wellen zu. Mein Freund Reinhard und ich paddelten mit einem Faltboot in der Zoppoter Bucht oder fuhren mit einem kleinen Weichseldampfer bis nach Neufähr, einem kleinen Fischerdorf, wo es immer nach Räucherfisch roch und wo man herrlich baden konnte.

Nickelswalde, nahe bei der Weichselmündung gelegen, hatte wunderschöne weißstämmige Birken, Kiefernwälder und ein Stückchen Heide, das ich ganz besonders liebte. Dort hatten Freunde meiner Eltern – sie nahmen sich beim Einzug der Russen das Leben – ein entzückendes Holzhaus, direkt am Wald gelegen und keine zehn Minuten vom Meer entfernt. Hier verbrachten wir oft die großen Ferien, und das war so schön, dass ich noch heute voller Sehnsucht daran zurückdenke. Wenn wir abends in unseren Betten lagen, hörten wir das Rauschen des Waldes, und bei Sturm konnte man das Donnern der Brandung wahrnehmen. Wir waren fast immer allein am Strand. Manchmal sahen wir ein paar Fischer, die ihre Netze zum Trocknen ausspannten oder ihre kleinen Boote in Ordnung brachten. Wir lebten ohne Uhr und gingen nur nach Hause, wenn der Magen knurrte. Dort angekommen, heizten wir den Küchenherd mit Kienäpfeln, Kruschken genannt, und dann ließen wir unseren Kochkünsten freien Lauf. Natürlich gab's nur Lieblingsgerichte!

Gemüse, Butter und Obst holte ich mit dem Rad von einem nahegelegenen Bauernhof, das Restliche brachte uns unsere gute Mutti, wenn sie am Sonntag auf Besuch kam. Am Nachmittag gingen wir in den Wald, suchten Blaubeeren und Pilze, die so reichlich vorhanden waren, dass wir sie zum Schluss schon nicht mehr essen mochten.

War Sturm gewesen, liefen wir zum Strand und suchten Bernstein, und bei Regenwetter saßen wir in unserem gemütlichen Häuschen, zeichneten und malten oder lasen. Wir waren restlos glücklich, so wie man das eben nur mit 17 oder 18 Jahren sein kann.

Und davon träumte ich nun, davon zehrte ich, ich musste mir immer wieder klarmachen, dass dieses alles unwiederbringlich verloren war und wir nie, nie wieder dorthin zurückkehren könnten.

Wegen der tückischen Stromschnellen war das Baden im Ural verboten. Eines Mittags kam eine Gruppe von Mädchen, um heimlich zu baden, ein Geschwisterpaar aus Rumänien war mit dabei. Die eine wagte sich zu weit heraus, wurde von einem Strudel erfasst und in Sekundenschnelle vor den Augen ihrer Schwester mit fortgerissen. Das ging so rasend schnell, dass wir das Furchtbare dieses Augenblicks erst erfassten, als von dem Mädchen keine Spur mehr zu sehen war. Sie war spurlos verschwunden und wurde erst Tage danach an einem Wehr wieder aufgefunden. Seitdem wagte niemand mehr zu baden.

Eine Zeitlang fehlte es an Material in Meisk und die Arbeit dort musste mal wieder unterbrochen werden. Wir wurden also wieder woanders als Aushilfskraft eingesetzt.

Ich wurde von dem Natschalnik der Nickelfabrik als Putzfrau auserkoren. Dort hatte ich ein gutes Leben, schwebte mit dem Lappen in der Hand durch die Büroräume oder holte Trinkwasser für ihn und seine Gefolgschaft. Ich putzte Fenster und scheuerte Fußböden, für meine damaligen Begriffe ein Kinderspiel. Leider dauerte das Glück nicht allzu lange. Der Dicke, wie der Natschalnik allgemein genannt wurde, war ungefähr 1,90 m groß und dick wie ein Fass. Er brüllte manchmal wie ein Löwe, konnte dem weiblichen Geschlecht gegenüber aber von bestrickender Liebenswürdigkeit sein. Er hatte eine feste Freundin, eine Rumänin, die von ähnlich kräftiger Statur war wie er. Sie passten anscheinend gut zusammen, und doch liebte er, wie alle Männer, die Abwechslung. Immer, wenn er allein im Büro war, musste ich kommen, auf seinem Tisch Staub wischen, die Bürofenster putzen. Es war mir stets etwas unheimlich, wenn er dann so bräsig auf seinem Stuhl saß und mich genau beobachtete. Eines Tages schickte er mich in ein anderes Zimmer, angeblich um dort den Fußboden zu reinigen. Ich ging nichtsahnend hinein und bemerkte erst, als ich mich umdrehte, dass er breitbeinig in der Türöffnung stand, diese ganz ausfüllend, den Zimmerschlüssel spielerisch in der Hand, fest entschlossen, mich nicht herauszulassen.

Mein Himmel, war ich da flink, so flink wie selten in meinem Leben. Ehe er noch recht begriffen hatte, was los war, war ich durch seine stämmigen Beine geschlüpft und draußen. Natürlich war ich die längste Zeit Putzfrau gewesen. Es war wohl besser so, wer weiß, ob ich ihm immer so hätte entschlüpfen können!

Jetzt bekam ich den ehrenvollen Auftrag, die besten Arbeiter des Lagers zu porträtieren. Das war zwar sehr schmeichelhaft für mich, aber nicht ganz einfach durchzuführen, denn außer in der Schule hatte ich nie Malunterricht gehabt. Nach dem Abitur war ich zwei Jahre als wissenschaftliche Zeichnerin am anatomischen Institut in Danzig gewesen, sozusagen als Ersatz für Arbeits- und Kriegshilfsdienst. Dort hatte ich allerhand gelernt, wenn ich auch nur Zeichnungen von Knochen, Muskeln, Herzen oder mikroskopischen Schnitten verfertigte. Es waren ja auch nur Bleistiftzeichnungen, die man von mir verlangte. Sie gelangen, wider Erwarten, recht gut, und ich war doch irgendwie ein bisschen stolz, als sie zur allgemeinen Ansicht ausgestellt wurden.

Danach hatte ich längere Zeit nur zu porträtieren, und zwar die russischen Offiziere, die ganz begeistert von meiner Kunst waren und nun auch verewigt werden wollten. Fotografen gab's zu dieser Zeit in Orsk nämlich noch nicht. Leider waren die russischen Herren so entsetzlich neugierig und ungeduldig, dass sie alle Augenblicke aufsprangen, ihre Bildnisse betrachteten, in Rufe des Entzückens ausbrachen und mich zur Eile antrieben. Zu alledem sollte es ja auch noch ähnlich werden. Da war ich froh und erleichtert, wenn sie hoch befriedigt, ihr Konterfei unter den Arm geklemmt, wieder abzogen. Später wollte der lange Offizier, der mir unvergessenerweise das Wasser in den Schnee gegossen hatte, ein Bilderbuch für seine lieben Kinderchen haben, das ich am Abend verfertigen sollte, wenn ich müde von der Arbeit zurückkam. Dazu hatte ich aber nun auch nicht die geringste Lust und drückte mich erfolgreich. Immer, wenn er vorn durch die Barackentür hereinkam, dann entwischte ich durch die hintere Tür. Mit der Zeit vergaß er dann seinen Auftrag.

So ganz allmählich gab's eine Menge Babys im Lager, deren Mütter in der Küche oder Wäscherei arbeiteten. Teilweise waren es ganz goldige kleine Geschöpfe, und es tat mir immer leid, wenn ich sah, in welche Misere sie hineingeboren waren. Neben den Ernährungs- und Bekleidungsproblemen hatten die Mütter auch Familiensorgen, waren die jeweiligen Väter doch größtenteils aus Rumänien, die Mütter aus Deutschland. Bei uns im Lager gab es unter den reichsdeutschen Männern fast nur ältere oder ganz junge, die Männer zwischen 20 und 50 waren ja alle beim Militär und nun entweder gefallen oder in Kriegsgefangenschaft.

Ein junges Mädchen aus Rumänien hatte nach Hause geschrieben, dass sie in anderen Umständen wäre, woraufhin ihre Eltern ihr mitteilten, dass sie nun nicht mehr ihr Kind sei, auch nicht mehr nach Hause zu kommen brauchte. Ich fand das enorm liebe- und verständnislos von diesen Eltern, die sich noch nicht einmal im Traum ein Bild davon machen konnten, unter welchen Umständen wir hier leben mussten.

Eine Schwangerschaftsunterbrechung, die ja anfangs vom russischen Staat nicht nur genehmigt, sondern sogar gewünscht worden war, selbst für russische Staatsbürger, war nun nicht mehr erlaubt, und so mussten die Babys eben ausgetragen werden und hineingeboren werden in eine Welt voller Entbehrungen. Die Frauen arbeiteten bis zum letzten Augenblick kurz vor der Geburt und auch wieder kurz danach, wenn auch im Lager, um in der Nähe der Kleinen zu sein.

Der Lange, vor dem im Lager alles zitterte, war ein anderer Mensch, wenn er das Babyzimmer betrat, die brüllenden Babys auf den Arm nahm und mit ihnen schäkerte. Er half den Müttern bei der Beschaffung des Nötigsten und zeigte jedem russischen Offizier, der das Lager begutachten kam, voller Stolz „seine" Babys. Fünf Minuten später konnte er wie ein Verrückter toben und schreien... Aus welchen Gegensätzlichkeiten besteht doch der russische Mensch, Gegensätzlichkeiten, denen wir völlig verständnislos gegenüberstehen und unter denen wir damals immer wieder zu leiden hatten.

Die Kinder der Russen in Kimpersai und auch in Orsk hatten irgendwie so alte, wissende Gesichter, denen der kindliche Charme fehlte, der doch jedes Kindergesicht so lieb und anziehend macht. Hineingeboren in eine Welt voller Mühe, Kälte, Hunger und Entbehrungen, aufgewachsen in den engsten

Wohnverhältnissen, da gab es schon früh keine Geheimnisse für sie, das prägte sich deutlich in ihren Gesichtern aus.

Ich traf einmal drei kleine Jungen, die ich auf ungefähr 5 bis 6 Jahre schätzte. Vielleicht waren sie auch etwas älter und nur durch den Mangel an richtiger Ernährung so klein und zart. Aber das tut nichts zur Sache. Der eine rauchte voller Genuss eine Machorkazigarette und blies den Rauch wie ein Alter in die Luft. Machorka ist ein starker Tabak, der in Zeitungspapier eingedreht von allen Russen leidenschaftlich gern geraucht wird. Als ich zu dem Kleinen sagte: „Na hör mal, du bist doch noch viel zu klein zum Rauchen", zeigte er, unverschämt grinsend, auf seinen Hosenschlitz und sagte: „Das kann ich auch schon!" Ich habe das nie vergessen können, weil ich dieses völlige Fehlen von Kindlichkeit so furchtbar fand. Im Grunde genommen konnte der Kleine ja nichts dafür, seine Umwelt hatte ihn so geformt.

Nach wie vor kamen Kommissionen, meistens wohl aus Moskau, um das Lager zu besichtigen. Dann herrschte ein geschäftiges Treiben bei uns. Die Plakate und Spruchbänder mit den Lobliedern auf Stalin und den siegreichen Sozialismus wurden erneuert oder neue hinzugefügt. Wir bekamen Betttücher und mussten die Baracken auf Hochglanz polieren. An dem feierlichen Tage der Besichtigung war das Essen so gut und reichlich wie nie. Wenn dann die hohen Herren, manchmal auch in Begleitung weiblicher Offiziere, geschmückt mit Orden und Ehrenzeichen, in ihren erdbraunen Uniformen durch die Baracken marschierten, standen wir stramm und antworteten auf ihre Fragen das, was sie hören wollten. Es war zwecklos, sich vielleicht zu beklagen oder zu fragen, wann es denn endlich nach Hause ginge. Ja, wir kämen bald nach Hause, ein genaueres Datum wüsste man natürlich noch nicht, wir hätten es doch gut hier. Die Ostarbeiter hätten es seinerzeit in Deutschland viel schlechter gehabt. Hitler habe den Krieg gewollt und nicht Stalin, und wir sollten stolz darauf sein, dass wir uns am Wiederaufbau der Sowjetunion beteiligen dürften! Das und ähnliches kam immer wieder vor, und zum Schluss stellten wir kaum noch Fragen, weil wir die Antworten schon im Voraus wussten.

Wenn die Kommission wieder abgefahren war, kehrten wir zurück zu saurer Kohlsuppe und Hirsekascha und klammerten uns an jeden Hoffnungsschimmer, der mit den „Latrinenparolen" zu jeder Zeit durch das Lager schwirrte.

In diesem Sommer fuhr ein Transport nach Hause, von allen Zurückbleibenden glühend beneidet. Es fuhren nur ältere Leute und Kranke. Auch Hüttchen, die getreue Helferin aus dem Lazarett, war mit dabei. Sie hatte die Adresse meiner Eltern in Hamburg und ist dann auch, zwar so elend, dass sie mehrere Wochen in ein Krankenhaus musste, aber doch lebend dort eingetroffen. Das Zurückbleiben war schwer, und es gab viele Tränen beim Abschied. Aber man gab ja die Hoffnung nie auf, und der Gedanke, auch einmal nach Deutschland zurückfahren zu können, half, nicht ganz zu verzweifeln.

Hüttchen telegrafierte von Frankfurt/Oder aus an meine Mutter, die täglich von neuem voller Ungeduld und Sehnsucht auf meine Heimkehr hoffte. Sie war ganz außer sich vor Freude, als sie das Telegramm erhielt. Glaubte sie doch nun, ihr innigster Wunsch sei in Erfüllung gegangen.

Wie groß muss die Enttäuschung gewesen sein, als nun nicht ihr Kind, sondern ein ihr völlig fremder Mensch seine Ankunft ankündigte. Ich hatte Hüttchen einen Brief für meine Mutter mitgegeben – offiziell durften wir nur Karten schreiben – und sie gebeten, diese gute Seele bei sich aufzunehmen, da Hüttchen von ihrer gesamten Familie, die ja in Litauen zu Hause war, nichts wusste. Meine Mutter ist ein sehr tatkräftiger und hilfsbereiter Mensch und hat alles getan, was in ihrer Macht stand, um Hüttchen das Gefühl zu vermitteln, sie sei nun wirklich nach Hause gekommen.

So verging auch dieser Sommer mit Arbeiten auf dem Bau und, wenn die Erntezeit gekommen war, auf der Kolchose. So verging der Herbst, und als es kalt wurde und zu schneien begann, zerrann der immer wieder geträumte Traum vom Weihnachtsfest in der Heimat. Gerade auf Weihnachten, das Fest der Liebe, richtete sich unsere ganze besondere Sehnsucht, und es war sehr bitter, wenn wir sahen, wie der Schnee die Eisenbahnschienen zuwehte, oft für Wochen unsichtbar machte, und wir wussten, dass all unsere Hoffnung unter diesem Schnee begraben lag.

Die Post von zu Hause war meine einzige Freude. Helga hatte sich inzwischen verheiratet und war Mutter eines niedlichen kleinen Mädchens geworden, zu dessen Patin ich ernannt wurde. Auch eine andere meiner vier Schwestern hatte sich glücklich verheiratet und lebte mit ihrem Mann in Westdeutschland.

Ich konnte mir das alles gar nicht so richtig vorstellen, ein Leben ohne Stacheldraht, ohne Wachposten, und die Freiheit, das zu tun, was man wollte.
Es war mir unfassbar, dass das Leben seinen gewohnten Gang ging, dass Menschen sich vergnügten, dass es auf der Erde Millionen gab, die gar nicht wussten, dass es Kriegsgefangenenlager gab, die sich nicht einmal vorstellen konnten, was es bedeutete, alles, aber auch alles zu verlieren und nichts mehr zu sein als eine Nummer, die zum Arbeiten

gebraucht wurde und die man deshalb nicht verhungern ließ.

Heute weiß ich, dass das im Leben wohl immer so ist und sein wird. Dass uns Katastrophen nur dann wirklich tief berühren, wenn wir selbst unmittelbar beteiligt sind. Wir sind noch zu sehr im Egoismus befangen, empfinden unsere eigene Persönlichkeit zu stark als den Mittelpunkt des Geschehens, als dass wir fähig wären, das Leid unserer Mitmenschen wie unser eigenes zu erleben.

Damals besaß ich noch nicht die Reife zu begreifen. Ich war wohl auch zu stark im Schatten meiner Seelenqualen, um daran zu denken, dass es vielleicht noch irgendwo auf der Welt Menschen gab, die noch stärker litten als ich selbst.

Meine Eltern waren mit meinen beiden jüngsten Geschwistern im September nach Brasilien abgefahren. Meine Mutter hat ihre Kindheit in Brasilien verbracht und hat neben der deutschen ihre brasilianische Staatsangehörigkeit behalten dürfen. Dadurch glückte es ihren in Sao Paulo lebenden Brüdern, meine Mutter, meinen Vater und die beiden Jüngsten 1947 nach dort zu holen. Schweren Herzens ist meine Mutter damals von Deutschland fortgegangen, hatte sie doch von Monat zu Monat gehofft, ich werde vor ihrer Abreise wieder nach Deutschland kommen. Dem Drängen von drüben folgend, verließen sie das verhungerte, noch ganz am Anfang seines Aufbaues begriffene Deutschland, um in Brasilien eine neue Heimat zu finden.

Als ich die Nachricht von der Abfahrt meiner Eltern bekam, waren sie schon einige Zeit in Sao Paulo. Helga vermittelte über Hamburg die Post und leitete das weiter, von dem sie annehmen konnte, dass es die russische Kontrolle passieren würde.

Natürlich war ich nun ein Sonderfall für den Kommissar. Meine Post wurde nun extra geprüft, ich bekam sie immer ein paar Tage später als die anderen. Ich wurde genauestens vernommen, wieso und warum meine Eltern ins kapitalistische Brasilien ausgewandert wären, ob wir dort Verwandte hätten usw.

Als ich einmal als Überrest eines Paketes, das einzige, das ich überhaupt je bekam (mein Onkel hatte mir insgesamt 12 Pakete mit Schokolade, Butter, Kaffee, Milchpulver usw. geschickt) zwei Büchsen mit Haferflocken bekam, versammelte sich das ganze Offizierschor, um beim Öffnen der Büchsen mit dabei zu sein. Meine Hände zitterten wohl etwas, als ich vor so vielen neugierigen, prüfenden Blicken meine Büchsen öffnete. Dann musste ich aber doch lachen, als ganz simple Haferflocken zum Vorschein kamen, die trotz Herumstochern und Schütteln nichts anderes enthielten. Die Russen hatten wahrscheinlich Mikrofilme oder Miniaturbomben erwartet

In diesem Winter war ich oft auf der Straße, schaufelte Schnee oder hackte Eis. Letzteres war besonders scheußlich. Die Brechstangen zum Eisaufschlagen waren fürchterlich schwer. Wenn ich ein paar Mal tüchtig zugeschlagen hatte, taten mir die Arme weh. Es war entsetzlich kalt, und wenn man sich nicht dauernd bewegte, hatte man das Gefühl, man würde zu Eis erstarren. Diese halbdunklen kurzen Wintertage, die Kälte und die eisigen Winde waren eine Strapaze für Leib und Seele.

Wenn wir es vor Kälte nicht mehr aushielten, gingen wir in den Flur irgendeines Hauses, um uns ein bisschen zu erwärmen. Warm war es dort natürlich auch nicht, aber doch windgeschützt. Manchmal hatten wir Pech und die Leute, die dort wohnten, jagten uns wieder auf die Straße. Da hatte ich dann mal wieder genug für den ganzen Tag und fror nun nicht nur körperlich, sondern auch seelisch.

In einem Hausflur fanden wir einmal eine Frau, die vor Schwäche zusammengebrochen war, wahrscheinlich vor Hunger. Kein Mensch kümmerte sich um sie, und erst als sie tot war, wurde die Leiche fortgeschafft.

Ein Menschenleben spielte keine Rolle, jeder war so beschäftigt zu überleben, dass für Mitleid keine

Zeit blieb und für Gefühle kein Raum. Doch es waren nicht alle so. Trotz Krieg, Hunger und Hass gab es noch Liebe, die gab, ohne Dank zu erwarten.

Wir hatten mal wieder eine von diesen fürchterlichen Kombispritzen bekommen gegen Typhus, Diphtherie und sonst noch irgend etwas. Ich weiß nicht mehr was. Jedenfalls hatte ich eine faustgroße Beule auf dem Rücken und ganz gemeine Schmerzen. Von Schüttelfrost und Fieber geplagt, stand ich auf der Straße, heftig bemüht, das Zittern zu unterdrücken, das wahrscheinlich von Fieber und Kälte gleichzeitig kam. Ich war natürlich nicht fähig, diese gemein schwere Eisenstange zu heben, durfte aber auch nicht im Lager bleiben, denn die Folgen der Spritze, die bei sehr vielen auftraten, galten nicht als Krankheitsgrund. Ich stand etwas abseits von den anderen, als ein alter Russe mit langem, weißem Bart an mir vorüberging, mich fragend, ob ich krank wäre. Nachdem ich seine Frage bejaht hatte, schaute er sich vorsichtig nach allen Seiten um, und als er keinen Wachposten entdeckte, zog er mich mit sich fort. Es war allen streng verboten, den Arbeitsplatz zu verlassen, aber ich fühlte mich in diesem Augenblick so hundeelend, dass mir alles egal war und ich einfach mittrottete.

Wir brauchten nicht weit zu gehen. Ich wurde in eine helle, freundliche Stube geführt, wo im Küchenherd ein tüchtiges Feuer brannte, wo ein Tisch mit ein paar Stühlen stand und ein gutes, altes Mütterchen mich ohne zu staunen in Empfang nahm. Sie packte mich in das einzige Bett, welches im Zimmer stand, nachdem sie vorher vorsorglich gefragt hatte, ob ich keine Läuse hätte. Ich verneinte, und ich glaubte, ich hätte tatsächlich keine.

Dann kochte die gute Oma Tee. Als er fertig war, musste ich aufstehen und mich zu den beiden Altchen an den Tisch setzen. Es gab ein Stückchen braunen Kandiszucker, der von Mund zu Mund gereicht wurde und von jedem ein wenig gelutscht wurde, um den jeweiligen Schluck Tee zu versüßen. Ich zögerte zuerst ein bisschen, aber als ich sah, mit welcher Zuneigung und welch freudigem Stolz sie mir diese ihre Kostbarkeit überreichten, überwand ich alle Hemmungen und probierte das immer kleiner werdende braune Stückchen Zucker. Und wirklich, der süße Tee schmeckte herrlich. Nach dieser Bewirtung, die mich wunderbar erwärmte, wurde ich noch einmal ins Bett gesteckt. Der Alte setzte sich zu mir und erzählte von seinem Sohne, der im Krieg geblieben war und dessen ausgeblichenes Foto an der Wand hing. „Eigentlich müsste ich dich hassen", meinte er, „aber ich kann es nicht, denn auch du musst unschuldig leiden, und darum wollte ich dir etwas Gutes tun."

Als mich die beiden guten Alten zur Haustür begleiteten, waren vielleicht zwei Stunden vergangen, aber ich fand, dass die Welt nun nicht mehr so zum

Verzweifeln trüb aussah. Ich war voller Dankbarkeit in dem Bewusstsein, dass Mitleid und Liebe auch in einer Welt des Hasses zu finden waren.

In manchen Nächten mussten wir, nachdem wir nach schwerer Arbeit ein paar Stunden geschlafen hatten, wieder hinaus, um Soda, Kohlen oder Nikkelerde auszuladen. Wir hassten das sehr, wieder aufzustehen, besonders im Winter und bei eisiger Kälte schwere Säcke zu schleppen oder hartgefrorene Kohlen aus den Waggons zu hacken und in tiefe Schächte zu schaufeln. Die Sodasäcke waren einen Zentner schwer, der Soda brannte in Nase und Augen. Ein Lagerältester, der besonders gern schikanierte, passte genau auf, dass wir ja keinen Augenblick stillstanden. Das waren lange Nächte, und wenn endlich die Säcke bis unter die Decke des Schuppens gelagert waren, dämmerte bereits der Morgen. Einmal hatte ich einen großen Bluterguss auf der Schulter, auf der ich die Säcke getragen hatte. Meine Füße waren wie immer die reinsten Eisklumpen – Zeitungspapier ist eben nicht unbedingt ein voller Strumpfersatz!

Wieder wurde es Weihnachten, kalt, grau und eintönig wie jeder andere Wintertag.
Am Heiligen Abend gingen wir, das heißt der Lagerchor, von einer Baracke zur anderen, um unsere lieben alten Weihnachtslieder zu singen. Ich

hatte ein Weihnachtsgedicht gemacht, das ein Weihnachtsgruß für meine Mutter sein sollte, und das wurde aufgesagt. Da gab es viele Tränen, selbst in den Männerbaracken. Wie viele sehnsüchtige Wünsche und Gedanken diese Tränen wohl hinunterspülen mussten! –

An meine Mutter (Weihnachten 1948)

Mutter, ach in weiter Ferne
stehst du unterm Tannenbaum,
dessen blanke Silbersterne
einstmals meiner Kindheit Traum.

Und beim Schein der Weihnachtskerzen
und im Kreise aller Lieben
denkst voll Sehnsucht du im Herzen
wohl an die, die fern geblieben.

Draußen fallen dicht die Flocken,
Sterne hell am Himmel flimmern,
dunkel klingen Kirchenglocken,
Tränen dir im Auge schimmern.

Mutter, du, reich mir die Hände,
sollst nicht meinetwegen weinen,
alles Leid hat mal ein Ende,
auch für uns die Sterne scheinen.

Trotzdem, das Leben ging weiter, und wir hatten uns damit abzufinden. Wir klammerten uns an jeden Hoffnungsschimmer und warteten voller Sehnsucht auf den Frühling, der uns Wärme und die erneute Möglichkeit der Heimkehr bringen sollte.

Aber noch war es kalt. An den Sonntagen spielte sich unser Leben nur in den Baracken ab. Die eisigen Steppenwinde heulten an allen Ecken, und wenn wir unsere lumpigen Wäschestücke am Stacheldraht aufhängten, waren sie im Nu hart wie ein Brett gefroren.

Am Sonntag ging ich manchmal zu Stefan in die Männerbaracke. Gewöhnlich tat ich das nicht, denn die Männer liefen in Unterhosen herum, wuschen oder rasierten sich, und es herrschte ein fürchterlicher Mief. Die Fenster konnte man während des Winters nicht öffnen und sobald einmal die Tür aufging, schrieen die Männer, die nahe daran ihre Pritschen hatten, denn der eisige Luftstrom von draußen ging bis auf die Haut. Durch das Zusammentreffen von warmer und kalter Luft entstanden wahre Nebelschwaden, die einem für Augenblicke die Sicht nahmen.

Die zweideutigen Bemerkungen der Männer, an denen sie es nicht fehlen ließen, waren mir ein Gräuel, und der Gang durch die Baracke war ein richtiges Spießrutenlaufen. Mir waren diese sonntäglichen Besuche durchaus kein reines Vergnügen, und ich hätte gerne darauf verzichtet. Aber Stefan war traurig, wenn ich nie kam, während die anderen öfter besucht wurden. Auf Stefans Pritsche, er schlief oben, steckte ich meine Füße unter das Federbett, wir erzählten und aßen unsere Brotration und äugten nach der Tür, um das Eintreffen des wachhabenden Offiziers rechtzeitig zu bemerken, damit ich entweder entwischen oder mich verstecken konnte.

Stefan erzählte von seiner Frau und seinen beiden Kindern, die noch in Ungarn waren und zu denen zurückzukehren sein größter Wunsch war.

Ich berichtete von meiner Familie, die er im Laufe der Zeit alle beim Namen kannte, und wir sprachen über meine Eltern und Geschwister, als wären sie Stefan schon seit ewigen Zeiten bestens vertraut. Der Sonntagnachmittag war schnell vorbei. Wenn es Abendbrotzeit war, bemühte ich mich, möglichst unbemerkt aus der Baracke zu verschwinden.

Viele Frauen besuchten ihre Freunde auch nachts zum zärtlichen Stelldichein. Ich habe nie begreifen können, dass man auf einer Pritsche, eingeklemmt zwischen vielen anderen, umgeben von noch mehr Menschen, zärtlich zueinander sein konnte. Aber die Auffassungen sind eben verschieden, und wenn ich auch in den Augen vieler meiner Mitgenossinnen als dumme Gans galt, so war es mir doch unmöglich, mich in dieser Beziehung zu ändern.

Wir hatten einen Offizier im Lager, der als passionierter Liebespärchenjäger galt. Er hatte im Krieg ein Auge verloren, und ich glaube, er war deshalb nicht gut auf uns zu sprechen. Jedenfalls schlich er besonders am Abend wie ein Großwildjäger auf der Pirsch durch die Baracken, um irgendwo zwei Verliebte auf verbotenen Pfaden zu erwischen. Das ärgerte natürlich sämtliche Liebespärchen, und man beschloss, ihn einmal hereinzulegen. Als er eines Abends eine der Männerbaracken betrat, man hatte ihn von weitem kommen sehen, erblickte sein wohlgeschultes Auge auf einer Pritsche ein vermeintliches Pärchen, das, von einer Decke vollkommen verhüllt, unmissverständliche Bewegungen machte. Wie ein Pfeil schoss er darauf zu und riss mit einem Ruck die Decke hoch, worauf er in zwei grinsende Männergesichter blickte. Seine Wut soll fabelhaft gewesen sein, wie man sich denken kann, und unter gräulichen Flüchen hat er die Stätte seiner Blamage verlassen, um vorläufig nicht wiederzukehren.

Im Frühjahr erwischte mich die Malaria mit furchtbarem Schüttelfrost und hohem Fieber. Ich musste für vier Wochen ins Lazarett, wo ich phantasierte und immer versuchte, aus dem Bett zu kommen, um nach Hause zu laufen. Bei den sich wiederholenden Anfällen zitterte das ganze Bett, wenn der Schüttelfrost mich hin und her beutelte, und ich atmete richtig auf, wenn das Fieber kam, obwohl ich dann manchmal das Gefühl hatte, mir platzte der Schädel.

Viele von uns hatten Malaria, von denen einige Fälle tödlich verliefen. Darunter war ein ganz junges Mädchen, die mit 15 Jahren nach Russland gekommen war und die durch ihre Fröhlichkeit und ihren Optimismus die Herzen aller gewonnen hatte. Alle Malariaverdächtigen mussten täglich antreten, um eine Dosis Chinin in Empfang zu nehmen. Damit niemand das gallebittere Zeugs ausspuckte, stand eine ärztliche Aufsicht dabei, und wir mussten auf Kommando schlucken. Durch das Chinin sahen wir gelb aus wie Chinesen, sogar noch gelber, denn bei uns war sogar das Weiße des Augapfels getönt.

Es wurde jetzt streng darauf geachtet, dass möglichst alle am Leben blieben, ganz im Gegensatz zu den vergangenen Zeiten, wo die Russen dem Massensterben ihrer Gefangenen mit großem Gleichmut zugesehen hatten. Als ein Mann eines Tages bei einem Schneesturm unter eine Lokomotive geriet und getötet wurde, gab es eine gründliche Untersuchung. Aber wen sollte man beschuldigen? Den Mann, der bereits tot war, den Lokführer, der bei dem Sturm ohne jede Sicht war? Sehr umstritten war auch die Frage, ob der Mann nicht vielleicht absichtlich den Tod gesucht hatte. Wer wollte das hinterher noch feststellen?

Langsam wurden die Tage wieder länger, wieder heller, und als die Schneemassen schmolzen, waren wir wieder damit beschäftigt, Misthaufen wegzuräumen, Latrinen zu putzen, Entwässerungsgräben zu ziehen. Die Erde begann immer stärker zwischen dem Weiß des Schnees hervorzuleuchten, und es roch nach Frühling. Ich sah Kinder mit nackten Füßen durch den schmelzenden Schnee waten, während sie eine braune Zieselmaus an einem Bindfaden hinter sich herzogen.

Im Lager gab es wieder den zähen Schlamm, und die ewig nassen Füße waren an der Tagesordnung. Die Wanzen erwachten zu neuen Großangriffen, während sie sich den Winter über mit Kleingefechten begnügt hatten. Auch die Flöhe erfreuten sich der Frühlingswärme. Als ich eines Tages eine Baracke betrat, die man längere Zeit nicht benutzt hatte, fielen sie derart über mich her, dass in Sekunden meine Beine so übersät waren, dass man hätte meinen können, ich besäße schwarze Strümpfe. Dafür waren im Lager die Kopf- und Kleiderläuse fast vollkommen ausgerottet, und das war wahrhaftig eine Wohltat.

Überhaupt hatte sich so manches gebessert. Wir hatten gewisse Freiheiten, das Essen war etwas abwechslungsreicher geworden, und auch unser Essraum, die Stallowa, hatte sich sehr zu ihren Gunsten verschönt. Wir saßen nun an kleinen Tischen, die blank gescheuert waren, und fühlten uns dadurch erheblich wohler beim Vertilgen der ewig gleichbleibenden Kohlsuppe. Wir bekamen Bettücher und jedes Jahr ein neues Nesselhemd als Unterkleid. Ab und an gab's die schauderhaften Schuhe mit der dicken Holzsohle, die wir aber doch an Stelle der durchgeweichten Filzstiefel gern in Empfang nahmen. Strümpfe habe ich in der Gefangenschaft nie besessen, besaß ich doch kein wollenes Kleidungsstück, das ich auftrennen und als Strümpfe wieder verarbeiten konnte.

Als wieder der Sommer mit sengender Hitze, Lerchengesang und wirbelnden Staubsäulen zu uns kam, wurde ich zur Sträflingsbetreuung abkommandiert. Orsk war speziell Sträflingsgebiet für russische Zivilisten wie für Kriegsgefangene, glänzend dafür geeignet durch die öden Weiten ringsherum, die völlig unbewohnt waren und die ein Ausrücken fast ganz unmöglich machten. In dieses Gebiet ging niemand freiwillig, und so wurden seine Bodenschätze durch die harte Arbeit aller Gefangenen nutzbar gemacht, die hier zu leben gezwungen waren. Ich hatte die russischen Sträflinge, unter denen kriminelle und politische waren, ja schon öfter gesehen, nicht nur draußen in der Steppe, sondern auch innerhalb des Fabrikgeländes. Es waren wahre Elendsgestalten, in Lumpen gekleidet und mit Lappen an den Füßen. Wir nahmen uns großartig daneben aus, und ich habe mich weiß Gott nie gewundert, dass sie wie die Raben stahlen. Wenn ich mittags mit der großen Kanne Essen kam, die ich für sie heran schleppen musste, hatten die Posten alle Mühe, sie zurückzuhalten, dass sie sich nicht auf mich stürzten, um mir das Essen zu entreißen. Sie bekamen viel zu wenig, um davon auch nur annähernd satt zu werden, und aßen mit der Gier halbverhungerter Tiere.

Manche sahen wirklich wie Verbrecher aus. Ich durfte auch nur in ihre Nähe, wenn ein Posten dabei war. Ich brachte ihnen Wasser in großen Eimern, das sie sich dann mit verrosteten Blechbüchsen herausschöpften und gierig tranken. Bei der staubigen Hitze waren sie durstig, und ich lief den ganzen Tag hin und her, denn es waren viele, manchmal noch halbe Kinder. Aber ich lief gern, denn sie taten mir leid, selbst wenn ein Teil von ihnen rechtmäßig hier saß.

Die Posten waren grob, und oft bekam einer einen Schlag mit dem Gewehrkolben, wenn er nicht schnell genug arbeitete oder marschierte. Andererseits hatten es die Posten nicht leicht mit dieser Masse von körperlich schwachen, in ihrer Verzweiflung aber zu allem fähigen Kreaturen, die auch noch dazu gebracht werden sollten, nützliche Arbeit zu leisten. Jedes Vergehen wurde strengstens bestraft, und trotzdem stahlen sie mit großer Frechheit und Raffinesse.

Ich sah einmal ein paar von ihnen auf einem Bau oben auf dem Gerüst arbeiten. Unten arbeitete eine Gruppe von Frauen aus unserem Lager. Es war warm geworden, und die Frauen hatten ihre Wattejacken ausgezogen und unten hingelegt. Plötzlich sah ich eine dieser Jacken in der Luft schweben, langsam immer höher. Oben stand ein Sträfling mit einer Art Angel und zog das auch für ihn nützliche Kleidungsstück zu sich hoch. Es entschwand und ward nie mehr gesehen, obwohl die Posten, welche die um ihre Kleidungsstücke zitternden Frauen avisiert hatten, alles versuchten, die Jacke wieder aufzufinden.

Oft gab es Arbeit innerhalb des Fabrikgeländes, wo der nach Schwefel stinkende Rauch aus den großen Schornsteinen stieg und die Luft verpestete, wo der rötliche Staub sich in den Poren der Haut festsetzte und die Haare rötlich färbte, in die Nasenlöcher drang und im Mund knirschte. Wenn wir in der Nähe des großen Wasserbeckens arbeiteten, das von heißem Dampf gespeist wurde und große Fontänen zum Abkühlen in die Höhe drückte, badete ich manchmal am Abend, wenn die Sträflinge fortgeführt worden waren. Das Wasser war wegen der Wärme nicht erfrischend, außerdem brannte es leicht auf der Haut, weil es bei der Nickelherstellung zum Abkühlen irgendwelcher Metalle benutzt worden war. Aber immerhin nahm es den unangenehmen Staub fort, und das war schon etwas.

Stand der Wind ungünstig, sprühten die Fontänen uns das Wasser ins Gesicht und durchnässten die Kleidung. Es brannte in den Augen und überzog das Gesicht mit einer unangenehm prickelnden Schicht.

Ich dachte dann ein bisschen sehnsüchtig an die Berge von Meisk, an die frische Luft dort oben, an meine Wege zum Ural, wo ich mich an Bäumen und Blumen hatte erfreuen können.

Und trotzdem ging es mir hier noch erheblich besser als den Männern und Frauen, die an den Hochöfen arbeiten mussten.

Nach Meisk kam ich zwar nicht mehr zurück, aber immerhin fort aus Schwefelgestank und Fabrikstaub, fort von den Sträflingen und zurück zu meiner Maurerkolonne.

Wir bauten jetzt eine Schule mit mehreren Stockwerken und für russischen Geschmack großartigen Verzierungen an Außenmauern und Decke. Dafür wurden extra Holzmodelle gemacht und Unmengen von Gips und Zement verbraucht. Wenn Stefan – ich durfte dabei helfen – diese herrlichen Schnörkel in wahnsinniger Geschwindigkeit an die Decke klebte, war er immer fürchterlicher Laune. Der Gips wurde innerhalb von Minuten fest, und wenn die Verzierung dann nicht richtig herausgekommen war, dann musste die ganze Prozedur von neuem begonnen werden. Wehe, ich klatschte meine Gipsmischung nicht schnell genug an die Wand oder bewegte das Holzmodell, welches das Muster hervorzauberte, nicht ganz gerade über die hölzerne Schiene, dann ließ Stefan einen Regen von entsetzlichen ungarischen Flüchen über mich ergehen. Zuerst wusste ich gar nicht, was dieser Wortschwall eigentlich bedeutete, später kannte ich sie alle, und ich muss sagen, sie standen den lieblichen russischen Flüchen in nichts nach. Wenn ich dann vor Wut und auch vor Mitleid mit mir selbst heulte, war Stefan bass erstaunt. Er begriff gar nicht, dass man so etwas übel nehmen könnte.

Der russische Natschalnik, der die Arbeiten an der Schule leitete, war ein herzensguter Mensch, nur hatte er leider vom Bauwesen keinen blassen Schimmer. Er war aus der Fabrik weg hierher versetzt worden, um den Bau einer Schule durchzuführen, ohne jemals eine Maurerkelle in der Hand gehabt oder einen Bauplan entworfen zu haben. Das war typisch russisch und nicht weiter verwunderlich, wenn dadurch überall, sei es in der Fabrik, auf der Kolchose oder beim Bau so vieles daneben ging. Unser Natschalnik war durch seine Unkenntnis vollkommen auf Stefan angewiesen, der die Pläne studierte und die Anweisungen gab, die der Russe eigentlich hätte geben müssen.

In diesem Sommer durften immer einige aus dem Lager allein nach Orsk gehen, um dort am Sonntag den sogenannten Vergnügungspark zu besuchen. Es war vorher ein Gesuch einzureichen. Der Vergnügungspark war der einzige Ausflugsort sämtlicher Bewohner von Orsk. Alleingehen bedeutete ohne Postenbegleitung; das war etwas umwerfend Neues für uns.

An einem Sonntag beschlossen auch Stefan und ich, das erhebende Gefühl der Freiheit einmal für ein paar Stunden zu genießen und nach Orsk zu wandern. Es war heiß und staubig in der Steppe, aber wir fühlten uns wie die Fürsten, so ganz ohne Bewachung, und waren fest entschlossen, die Attraktionen des Vergnügungszentrums in vollen Zügen zu genießen. Es war dann doch etwas enttäuschend, als wir müde und staubig nach ungefähr einer Stunde dort ankamen. Es gab zwar einige Bäume, und auch mühsam angepflanzte Blumen erfreuten das wirklich nicht verwöhnte Auge, aber sonst bestand dieser "Park" nur aus einem Fußballplatz, einem Freilichtkino, einer Erfrischungsbude und als größte Volksbelustigung einem stählernen Turm, von dem die Jugend Orsks mit einem Fallschirm heruntersprang. Das Radio schrie mit voller Lautstärke, entweder arbeitsanfeuernde Reden oder Marschmusik. Das Kino, dessen große Leinwand im Freien aufgebaut war, zeigte, als es dämmrig wurde, irgendeinen tendenztriefenden Film und versuchte, gegen den Lärm des Radios anzukommen. Stefan lud mich zu einem Glas Limonade ein, das nach Bonbonwasser schmeckte, und dann schauten wir eine Weile den Fallschirmspringern zu, die mit mehr oder weniger Courage vom Turm heruntersprangen und mit ihrem kleinen Fallschirm wohlbehalten wieder auf der Erde landeten.

Wir hatten bis zum späten Abend Urlaub, aber ich war froh, als wir aus der Menge der sich drängelnden Menschen heraus und wieder auf dem Heimweg waren. Der fürchterliche Lärm, die immer und überall so dick aufgetragene politische Propaganda und die Trostlosigkeit dieser Oase des Vergnügens waren mir schwer auf die Nerven gegangen. Irgendwie war ich zufrieden, als der Posten am Lagertor uns wieder in Empfang nahm.

Später gab es oft Ärger mit den sonntäglichen Ausflüglern, den männlichen hauptsächlich, die seit Jahren keinen oder nur ganz wenig Alkohol gewöhnt waren, sich an Wodka betranken und am anderen Morgen schwer betrunken in der Steppe oder in Orsk aufgesammelt wurden. Zur Strafe wurden denen die Köpfe kahl geschoren, und selbstverständlich durften diejenigen das Lager zu solchen Spaziergängen nicht mehr verlassen. Als Schnapsersatz, falls solcher nicht zu haben war, wurde des öfteren Parfüm benutzt, das manchmal im Magazin zu kaufen war. Ich glaube, es war kein besonders guter Ersatz, auch nicht sehr zuträglich für die Gesundheit, aber wer fragte damals schon danach!

Es gab jetzt schon so allerlei im Magazin zu kaufen. Wenn man es auf sich nehmen konnte, stundenlang zu warten, vorausgesetzt natürlich, dass man Geld hatte, konnte man Schuhe erstehen, sogar solche mit Ledersohle, Zahnputzpulver (Paste gab es nicht), Flanell für Kleidung, Kopftücher, Puder, Marmelade und Schokolade. Letztere war schlecht und irrsinnig teuer. Ich war nur einmal im Magazin, denn ich bekam in all den Jahren nur einmal ein paar Rubel ausbezahlt. Außerdem hasste ich es, mich zu drängeln, zu schubsen oder um irgendwelche Raritäten zu streiten. Ich war froh, als ich eine Schachtel Zahnputzpulver erwischte, nun meine Zähne, anstatt nur mit dem Zeigefinger zu polieren, sogar mit Pulver behandeln konnte.

Zu meinem großen Glück hatte ich während der ganzen Zeit nicht einmal Zahnschmerzen, denn diese konnten in Ermangelung jeglicher Instrumente und Medikamente nur durch Herausziehen des schmerzenden Zahnes behandelt werden. Betäubung gab es dabei natürlich auch nicht, und so zeichnete sich der Behandlungsraum des Zahnarztes gewöhnlich durch weithin schallendes Schmerzensgeschrei aus.

In dem letzten Jahr, das heißt im letzten Sommer unserer Gefangenschaft, hatten wir auch einmal eine richtige Freude. Die ganze großartige Lagerkapelle eines Kriegsgefangenenlagers, das irgendwo in unserer Nähe gewesen sein muss, kam zweimal zu uns ins Lager, um ein Konzert zu veranstalten. Und zwar gab es Wunschkonzert. Wir durften auf Zettelchen aufschreiben, was wir hören wollten, und wenn der Wunsch im Bereich der Möglichkeiten lag, so wurde er erfüllt. Das ganze Lager war in Spannung und freudiger Aufregung, die nicht allein der Musik galt, sondern auch den Menschen, die genauso wie wir Gefangene waren, mit den gleichen Sorgen, Wünschen und Hoffnungen, fern von zu Hause, voller Sehnsucht darauf wartend, wieder dorthin zurückzukehren. Ich schrieb auf meinen Wunschzettel „DIE GRALSERZÄHLUNG" aus Richard Wagners Oper Lohengrin. Und da unter den Kriegsgefangenen ein Opernsänger war, konnte mein Wunsch sogar erfüllt werden.

„Im fernen Land, unnahbar euren Schritten, liegt eine Burg." Wohl jeder kennt Lohengrins Erzählung vom Heiligen Gral, aber niemand wird das nachempfinden können, was mich damals fast überwältigte, als ich diese überirdisch schöne Musik im fernen Kasachstan hörte.

Unser Besuch fuhr am gleichen Abend, es war ein Sonntag, wieder zurück, um einige Zeit später noch einmal wiederzukommen.

Natürlich knüpften sich trotz der Kürze der jeweiligen Besuche zarte Bande zwischen den Kriegsgefangenen und einigen Mädchen unseres Lagers. Briefe wurden ausgetauscht und gelangten auch wirklich, ich weiß nicht, auf welche Weise, an ihren Bestimmungsort.

Liebe und Eifersucht, Neid und Missgunst und vor allen Dingen Klatsch, das gab es bei uns im Lager reichlich. Pärchen fanden sich und gingen wieder auseinander, um sich mit anderen zusammenzutun. Die Freundinnen der Schneider und Schuster, die für die russischen Offiziere und ihre Familien arbeiteten und daher sehr gut verdienten, waren viel beneidet und Gegenstand unzähliger Gespräche. Sie kreierten neue Moden, die heftig kritisiert und dann nach Möglichkeit sofort nachgemacht wurden. Die biederen Landfrauen aus Rumänien, die alle einen dicken Zopf um den Kopf gewunden hatten, knöchellange Röcke und viele Unterröcke, aber keine Schlüpfer trugen und sich fürchterlich aufregten über die Mädchen aus Deutschland, deren Röcke nur bis zum Knie gingen und die in selbstgenähten Büstenhaltern prangten und von den rumänischen Männern heftig begehrt wurden, hatten sich im Laufe der Jahre den verworfenen Moden aus Deutschland weitgehend angepasst und das angenommen, was sie zuvor in Grund und Boden kritisiert hatten. Nur darin waren sie sich treu geblieben, sie liebten es, auf der Pritsche sitzend, rührselige Lieder mit endlosen Versen zu singen. Diese Gesänge erzählten von verlassenen Mädchen, von bösen Verführern, von weinenden Kindern, und die monotonen Melodien konnten einem auf die Nerven gehen, besonders am Abend, wenn man endlich schlafen wollte.

Als es September wurde, verdichteten sich die Gerüchte von unserer Heimkehr. Aber zu oft schon waren wir auf diese „Latrinenparolen" hereingefallen, als dass wir jetzt wirklich glauben konnten, wonach wir uns doch so furchtbar sehnten. Und doch erzählte es einer dem anderen, und jeder hoffte im Stillen, dass es dieses Mal doch die Wahrheit sein möge.

Eines Abends wurden alle zu einer Versammlung in den Klubraum zusammengerufen. Dort wurde uns von einem Offizier, ich glaube, er war aus Moskau gekommen, mitgeteilt, dass in nächster Zeit alle Reichsdeutschen nach Hause fahren würden. Nachdem er seine Rede beendet hatte, setzte ein rasender Beifall ein. Der Offizier winkte ab, und als es wieder ruhig geworden war, betonte er in wohlgesetzten Worten, dass es uns hier in Russland doch sehr gut gegangen sei und wir immer dankbaren Herzens an die Güte und Milde der großen Sowjetunion denken sollten. Mein Gott, das war uns im

Augenblick völlig gleichgültig. Wir hörten nur heraus, dass wir wirklich endlich nach Hause sollten, und diese Freude machte sich in Klatschen, Schreien und auch in Tränen Luft. Viele heulten vor lauter Glück und Seligkeit. Natürlich ging es nicht sofort los, so wie wir es gern gehabt hätten, aber trotzdem sah nun die Welt ganz anders für uns aus. Ich lebte nur noch in dem Gedanken „bald..., bald..."

Für unsere Leidensgenossen aus Rumänien und Ungarn war das natürlich ein schwerer Schlag, und sie klammerten sich an die Hoffnung, auch noch vor dem Winter aus Russland fortzukommen.

Wir wurden die letzte Zeit in der Fabrik zum Verlegen von Eisenbahnschienen eingesetzt. Man hielt uns eine arbeitsanspornende Rede, deren Quintessenz war, dass wir nun zum Schluss unsere Dankbarkeit beweisen und tüchtig arbeiten sollten. Ich glaube, wir waren dann auch noch recht fleißig, beflügelt von der Hoffnung und der Gewissheit, dass wir nun bald erlöst sein würden.

Es kam dann alles so plötzlich, wie es immer in Russland gewesen war. Eines Abends mussten alle Reichsdeutschen auf dem Appellplatz antreten, um – wenn nötig – neue Wattejacken und -hosen in Empfang zu nehmen. Kurze Zeit darauf waren die Eisenbahnwaggons da, die uns zurück nach Deutschland bringen sollten. Sie standen nicht weit vom Lager entfernt, und wir betrachteten sie mit verliebten Augen. Wir sprachen von nichts anderem, und wir dachten an nichts anderes.

Zum Abschied gab es einen bunten Abend, bei dem jeder Künstler sein Bravourstück zum Besten gab. Ich sang mit einem rumänischen Studenten zusammen „Alle Himmel öffnen sich" aus der Operette „Paganini". Ob wohl je ein Mensch dieses Lied mit solcher Seligkeit gesungen hat, wie ich es damals tat? Mir öffneten sich ja wirklich alle Himmel und ich war in einem Zustand solchen Glücks, dass es mir schwerfällt, ihn richtig zu beschreiben. Es wird mich vielleicht nur der wirklich verstehen, der mit dabei gewesen ist und ähnlich empfunden hat.

Dann kam der Tag, an dem wir nicht mehr zu arbeiten brauchten, an dem wir unsere Strohsäcke ablieferten und eine lange Rechnung unterschrieben, auf der stand, dass wir dem russischen Staat so und so viel tausend Rubel schuldeten für Verpflegung, Bekleidung, ärztliche Betreuung. Das war natürlich lächerlich, denn wir hatten in diesen Jahren schwer gearbeitet und uns unseren Lebensunterhalt wohl verdient. Und was die ärztliche Betreuung angeht, so habe ich darüber wohl schon genug geschrieben. Wie dem auch sei, wir unterschrieben unser Schuldkonto ohne mit der Wimper zu zucken. Wahrscheinlich hätte ich in diesem Augenblick sogar dem Teufel meine Seele verschrieben, wenn sich mir dafür das Tor zur Freiheit geöffnet hätte.

Ich gab Stefan am Morgen dieses ereignisreichen Tages das gute Federbett zurück, das er mir geliehen und das mich so herrlich gewärmt hatte.
Stefan war sehr traurig, dass ich nun fortfuhr, obwohl er mir dieses Glück von Herzen gönnte. Er wusste, wie furchtbar ich unter dem Heimweh gelitten hatte, und er meinte, dass es besser sei, als wenn er zuerst gefahren wäre und ich hätte zurückbleiben müssen.

So standen wir nun in einer langen Reihe vor dem Lagertor. Ich hatte einen Holzkoffer in der Hand, der meine wenigen Habseligkeiten enthielt. Unter anderem den Sommermantel, den ich noch von zu Hause mitgenommen hatte und der während all der Jahre mein Staatsstück gewesen war. Er war zwar zerrissen und mit großen Flicken geschmückt. Trotzdem war er mein Staatsstück, mit welchem ich zu Hause, also in Hamburg, wo meine Schwester Helga mit Familie auf mich wartete, aufkreuzen wollte.
Neben dem Tor, das uns in die Freiheit hinauslassen sollte, hatte sich der Kommissar aufgebaut, um jeden einzelnen noch einmal prüfend anzusehen. Plötzlich erschien ein Offizier mit einer Liste in der Hand, von der er einige Namen ablas. Die Aufgeru-

fenen mussten zurücktreten und man erklärte ihnen in kurzen Worten, dass sie noch in Russland zu bleiben hätten.

Das war ein so grauenvoller Augenblick, dass er sich unauslöschlich in mein Gedächtnis eingeprägt hat und mich noch Jahre später durch meine Träume verfolgte. Hätte man ihnen diese furchtbare Nachricht nicht schon früher sagen können, bevor sie gemeinsam mit uns allen die Reisevorbereitungen getroffen hatten? Gerade jetzt, wo wir alle darauf warteten, dass sich das Tor öffne, dass wir endlich, endlich unsere Freiheit wiederhaben sollten, gerade in diesem Augenblick sagte man ihnen, ich glaube, es waren durchweg Familienväter, dass sie nicht mit uns gehen durften.

Mir zitterten so die Knie, dass mir das bis heute gegenwärtig ist. Es war ja durchaus möglich, dass auch ich unter diesen Unglücklichen war, war doch mein Vater ein Kapitalist, ein Ausbeuter, der nun auch noch in einem kapitalistischen Land lebte! Außerdem wusste man bei der Unberechenbarkeit der Russen nie, woran man war. Diesen Schicksalsschlag ersparte mir der liebe Gott, er wusste wohl, dass ich ihn nicht mehr hätte ertragen können.

Unvergesslich die Gesichter der Zurückbleibenden, als wir durch das geöffnete Tor hinausmarschierten. Einer schrie wie ein Wahnsinniger und musste festgehalten werden, weil er mitlaufen wollte. Einer weinte ganz laut wie ein Kind, die anderen waren vor Schmerz wie versteinert. Ich habe nie wieder etwas von ihnen gehört.

Die Waggons waren mit den altbekannten Parolen geschmückt und verkündeten weithin die Größe und die Güte der Sowjetunion. Die Schule, an der ich vor kurzer Zeit noch so fleißig gearbeitet hatte, stand nicht weit von den Gleisen entfernt, und so konnte ich unserem Natschalnik noch „Lebewohl" sagen. Er war immer so gut gewesen, und es kam ihm von Herzen, als er mir nun die Hand drückte und mir viel Glück für mein weiteres Leben wünschte. Seine guten braunen Augen strahlten vor Mitgefühl und Freude, und als Abschiedsgeschenk bekam ich ein großes Stück Dauerwurst, um den Reiseproviant etwas aufzubessern. Auch den Ukrainern, mit denen ich zusammengearbeitet hatte und die sich gerade in der Nähe befanden, sagte ich „Adieu". Sie hatten mir oft gesagt, ich würde nie wieder nach Hause kommen, und irgendwie waren sie nun enttäuscht, dass wir doch wieder in unsere Heimat kommen sollten, während für sie gar keine Aussicht bestand, noch einmal dorthin zu kommen.

Als wir dann endlich in die Waggons einstiegen, war es Spätnachmittag geworden und schon ganz schön kühl, denn wir hatten Anfang Oktober. Wir lagen wie auf der Hinfahrt in Viehwaggons auf den blanken Brettern. Strohsäcke gab es keine, nur ein kleines Öfchen in der Mitte, für dessen Heizmaterial wir selbst sorgen sollten. Auch die schöne Röhre war wieder da, die als Toilettenersatz fungierte. Aber was machte uns das jetzt noch aus, ging es doch gen Westen, nach Deutschland zurück.

Ein Waggon war für die Mütter mit den kleinen Kindern bestimmt. Dort spielten sich die schrecklichsten Abschiedsszenen ab, denn die Väter, die aus Rumänien oder Ungarn stammten, mussten noch bleiben, während die Mütter, die teilweise sogar erklärt hatten, bei ihren Männern bleiben zu wollen, fortfuhren. Und so hieß es Abschied nehmen.

Stefan lief am Zug entlang, so weit er mitkam. Ihm liefen die hellen Tränen über das Gesicht, wussten wir doch beide, dass wir uns in diesem Leben nicht wiedersehen würden. Wohl war auch mir das Abschiednehmen schwer geworden, hatte ich doch in den beiden letzten Jahren in Stefan einen Menschen gefunden, der mir selbstlos und liebevoll zur Seite stand, auf den ich mich in allen Situationen verlassen konnte, und doch war das überwältigende Gefühl der Freude so groß in mir, dass auch der Schmerz des Abschieds daneben verblasste.

Die Nacht über stand unser Zug, nachdem er im Morgengrauen hinausgefahren war, und setzte sich erst wieder im Morgengrauen in Bewegung. Ich erwachte vom Rucken der Räder und vom Pfeifen der Lokomotive.

Aus meinem Watteanzug und meinem Staatsmantel hatte ich mir ein Bett auf den Brettern gemacht. Zur Nacht häufte ich sämtliche Klamotten, die ich besaß, als Zudecke über mich, denn gerade nachts war es schon ordentlich kalt. Tagsüber standen die Türen offen, und ich schaute hinaus auf das unendlich weite Land, das wir durchfuhren. Jetzt fuhren wir ohne Posten, die uns die Türe vor der Nase zuknallten. Der Zug hatte eine Begleitmannschaft, zu der auch einige Offiziere gehörten, aber niemand hinderte uns daran, die Türe zu öffnen, solange wir wollten.

Stundenlang, tagelang, nichts als Steppe, ohne menschliche Behausungen, ohne auch nur eine menschliche Seele zu sehen. Die Eisenbahnlinie führte über Tschkalow. Bei Kuibyschew überquerten wir später die Wolga an einem winterlichen Tage. Der mächtige Strom sah grau und schmutzig aus, und die kleinen Holzhäuser, die an seinen Ufern standen, passten in dieses mich traurig anrührende Bild. Ein winterlich kalter Sturm pfiff durch alle Ritzen des Waggons, und es begann zu schneien. Die Ausläufer des Uralgebirges hatten der sonst so eintönigen Landschaft, die wir bisher durchfahren hatten, manchmal etwas Urweltliches, Gewaltiges gegeben, und nun vermittelte der breite, dunkle Strom an diesem grauen Tag einen ähnlichen Eindruck. Und es kam mir in den Sinn, dass wohl darum die Musik der Russen, geboren in einer solchen Landschaft, von so tiefer Melancholie ist.

Doch trotz dieser gewaltigen Eindrücke froren wir ganz erbärmlich und begrüßten daher das Halten des Zuges in der Nähe eines mit Kohlen geladenen Güterzuges mit heftiger Begeisterung. Im Klauen hatten wir ja nun wirklich Erfahrung, und im Nu war eine Kette von unserem Waggon zum Güterzug hergestellt, und flinke Hände transportierten die geraubten Kohlen in Windeseile in unseren Waggon. Es musste sehr schnell gehen, denn wir durften nicht erwischt werden. Ein ganz netter Kohlenvorrat, der um das Öfchen geschichtet wurde, versprach, dass wir in den nächsten Tagen nicht frieren würden. Und so waren wir ganz beruhigt, als der Zug sich wieder in Bewegung setzte. Nachts war es ja besonders kalt, und so versuchten wir, das Feuer nicht ausgehen zu lassen. Wer im Stockdunkeln einmal auf die berühmte Röhre musste, hatte gleichzeitig die Pflicht, ein paar Kohlen aufzulegen. Es war schon ein Entschluss, sich aus sämtlichen Bekleidungsstücken zu wickeln und auf dem eiskalten

Boden zu gehen, später wieder zuzudecken und aufzuwärmen.

Ich genoss es, auf der Pritsche zu liegen und das leise Schaukeln des Waggons zu spüren, das Tak, Tak, Tak der Räder zu hören und tausendmal vor mich hin zu sagen: „Lieber Gott, ich danke dir!"

Die Verpflegung war kläglich. Es gab einmal am Tag eine warme Suppe und einen Klecks Kascha, ansonsten ein Stück Brot und dünnen Tee. Aber wir brauchten ja nicht zu arbeiten, hatten höchstens einmal Küchendienst, und so nahmen wir unsere kleinen Portionen gelassen hin, es blieb uns ja auch gar nichts anderes übrig.

Ab und zu blieb der Zug unterwegs einmal für ein paar Minuten stehen, dann stürzten sich alle, Männer und Frauen hinaus, um irgendwo an einem Abhang das zu verrichten, was mittels der Rinne sehr unbequem und peinlich war. Oft ruckte der Zug schon wieder an, wenn man gerade ein passendes Gebüsch gefunden hatte, und dann hieß es Hosen raffen, um ja nicht zurückzubleiben. Das war jedes Mal ein Aussteigen voller Angst, eine richtige Nervenprobe, wenn man sich verzweifelt bemühte, den schon im Fahren begriffenen Zug wieder zu besteigen. Es gab nämlich keine Trittbretter, fuhren wir doch in Viehwagen, die einen solchen Komfort nicht benötigten. Einmal verlor ich dabei meinen selbstgehäkelten Hausschuh, dem ich aber nicht nachtrauerte, sondern dankbar die helfenden Hände ergriff, die mich wieder in den Wagen hineinzerrten.

Während die Russen auf unser körperliches Wohl, das heißt in diesem Falle satt zu essen, keinen besonderen Wert legten, bemühten sie sich doch bis zuletzt um unser Seelenheil. Der Politoffizier, der uns vor unserer Abfahrt durch eindringliche Reden von den guten und aufrichtigen Absichten des Sowjetsystems hatte überzeugen wollen, hatte uns, Mahnung und Befehl gleichzeitig, aufgetragen, die Zeit der Heimfahrt durch politische Fortbildung weitgehend zu nutzen. Soweit ich mich besinnen kann, sollten sogar schriftliche Berichte hergestellt werden. Diese verfluchte Antifaschistische Bewegung, die jeder Gefangene in Russland kennengelernt hatte und die eigentlich nur aus ganz verlogenen Zuträgern bestand, die sich durch diese Betätigung ein besseres Leben und bessere Bedingungen versprachen, sollte erst dann ihre Krallen einziehen, als wir durch den Schlagbaum in die westliche Zone hinüber in die Freiheit gingen.

Selbst hier im Waggon war es gut, auf der Hut zu sein. Ich hatte es gelernt, den Mund zu halten und mir erst dreimal zu überlegen, was ich sagte, zu schrecklich konnten die Folgen eines unbedachten Wortes sein. Ich hatte im Lager zwei, höchstens drei Menschen, mit denen ich offen zu sprechen wagte, wenn niemand in der Nähe war. Dieses Abkapseln und Isolieren, dieses Überlegen eines jeden Wortes, das war mir in Fleisch und Blut übergegangen, und es dauerte, nachdem ich wieder ein freier Mensch geworden war, eine lange Zeit, ehe ich wieder sagte, was mir durch den Kopf ging, ohne mich angstvoll nach allen Seiten umzusehen. Ich war menschenscheu geworden, und als ich dann später nach meiner Heirat in Frankfurt lebte, wagte ich mich anfangs nur aus dem Zimmer, wenn niemand in der Nähe war, voller Angst, es könnte mich jemand ansprechen. Mein Mann meinte, ich sei so, als wäre noch immer ein Posten hinter mir her. Selbst an die Freiheit muss man sich wieder gewöhnen, wenn man jahrelang angekettet war.

Es waren eigentlich alle recht still und in sich gekehrt auf dieser unserer Fahrt in die Heimat. Die Prahler, die von großen Gütern in Ostpreußen mit Reitpferden und Dienerschaft erzählt hatten und denen man doch anmerkte, dass sie diese Güter höchstens einmal von weitem gesehen hatten, waren still geworden. Niemand brüstete sich mehr mit dem, was er angeblich einmal besessen, denn das Erlogene wie das Wirkliche rückten unaufhaltsam näher. Wie würde es jetzt aussehen nach den langen Jahren unseres Fernseins? Viele wussten noch nicht einmal, wohin sie sich wenden sollten, hatten sie doch auf ihre Suchkarten nach Deutschland nie eine Antwort erhalten. Vielleicht lebte niemand mehr, zu dem sie gehen konnten? Niemand würde sie in Empfang nehmen, wenn wir nun wirklich Deutschland erreichen würden.

Obwohl es immer weiter westwärts ging, das Misstrauen in die Versprechen der Russen war vorhanden. Es war, geboren durch Lüge und tausend falsche Versprechen, so groß in uns, dass doch immer wieder Zweifel uns quälten und die Angst, es könnte unseren Peinigern doch noch einfallen, irgendeinen von uns wieder herauszuholen und in die Hölle zurückzuschicken.

Wenn der Zug auf einer Bahnstation hielt, um Kohlen und Wasser zu nehmen, zogen wir los, um Wasser zum Waschen zu suchen. Am Wasserhahn stand eine lange Menschenschlange, wir waren mittlerweile an einen Transport Kriegsgefangener angeschlossen worden und nun eine Menge Menschen.

Der Boden war schon gefroren, und alles schlotterte vor Kälte. Als ich endlich meinen Eimer gefüllt hatte und zurück trottete, verirrte ich mich in dem Gewirr der vielen endlos langen Güterzüge, die dem unsrigen so ähnlich sahen. In furchtbarer Angst kroch ich unter den Wagen durch, vergoss das mühsam erhaschte Wasser, oder ich kletterte darüber hinweg, immer erwartend, dieser Zug könne sich plötzlich in Bewegung setzen und ich müsste hier, am Ende alles Durchstandenen, elend zugrunde gehen. Am meisten fürchtete ich aber, unser Zug würde losfahren und mich zurücklassen. Ein russischer Bahnbeamter, der mein angsterfülltes Gesicht richtig deutete und der so nett war, mich auf den rechten Weg zu bringen, erschien mir wie ein rettender Engel. Ich kam mir wie im Paradies vor, als ich dann endlich wieder in unseren Waggon klettern konnte.

Dieses Mal fuhren wir nicht durch Moskau, sondern südlich davon über Tula. Jedenfalls ist mir dieser Name im Gedächtnis geblieben. Dort hatte ich ein Erlebnis, das ich erwähnen möchte, nicht weil es so besonders interessant oder sensationell ist, sondern weil es einmal die Wirkung einer sich immer wiederholenden Propaganda auf die Gemüter einfacher, vielleicht primitiver Menschen beleuchtet.

Der Zug hielt, und ich ging in einiger Entfernung ein wenig hin und her, mit zwei anderen Mädchen, um die steifen Beine zu vertreten. Ein paar russische Bäuerinnen, die wohl in der Nähe wohnten, gesellten sich zu uns, und es erregte unsere Neugierde, weil sie immer um uns herumgingen, uns von allen Seiten mit dem größten Interesse, ja, mit ungläubigem Staunen im Gesicht betrachteten. Als ich sie endlich fragte, was sie denn von uns wollten und warum sie uns so eingehend betrachteten, kamen sie nur sehr zögernd mit der Sprache heraus. Sie meinten, es wäre erstaunlich, dass wir so normal wie andere Menschen ausschauten. Man hätte ihnen nämlich gesagt und auf Plakaten gezeigt, dass alle Deutschen Teufel seien und einen Pferdefuß sowie einen Schwanz hätten, und diese Merkmale vermissten sie bei uns! Braucht man sich da noch zu wundern, dass die aufgehetzten russischen Truppen sich bei ihrem siegreichen Vormarsch wie die Bestien aufführten?

Wir hatten noch ein anderes Erlebnis, das mich unmittelbar an diese Bestien erinnert und mir in dem Moment das Grausen dieser furchtbaren Zeit wieder ins Gedächtnis zurückholte.

Ich besinne mich noch genau, dass es ein schöner, sonniger Tag war, an dem es passierte. Der Zug hielt an einer Weiche, um einen anderen Zug, die Strecke war hier noch eingleisig, vorbeizulassen. Wir saßen an einem Abhang in Gruppen zusammen und vertrieben uns die Zeit des Wartens mit Singen.

Der erwartete Zug kam, hielt, die Türen der Waggons öffneten sich und heraus stürzte eine Meute von vielen hundert jungen Leuten, die, um ihre Rekrutenzeit abzudienen, irgendwo in Asien aufgesammelt worden waren. Mit einem wüsten Geheul stürzten sie sich auf uns, das heißt auf die Frauen, um uns, die wir entsetzt in alle Richtungen zu fliehen versuchten, in die Waggons zu zerren. Glücklicherweise waren wir nun nicht mehr so recht- und schutzlos wie damals in Danzig. Auf unser Angstgeschrei kamen die Posten und Offiziere ihrer sowie unserer Begleitmannschaft und schlugen mit Fäusten und Gewehrkolben auf die untersetzten, rund- und kahlköpfigen Bestien ein, die daraufhin von ihren Opfern abließen. Wir mussten sofort in die Waggons zurück, die zu verlassen wir vorläufig keine Lust mehr hatten. Der Zug mit den Rekruten setzte sich, nachdem die Horde wieder hineingetrieben worden war, sogleich in Bewegung, und zurück blieb nur die Erinnerung wie an einen grässlichen Traum, der schon einmal bedrückend gewesen war.

Am nächsten Tag ging der Politoffizier durch alle Wagen, um sich für das gestrige unangenehme Vorkommnis zu entschuldigen, uns zu bitten, es zu vergessen und daheim nichts davon zu berichten, da es das Ansehen der glorreichen Sowjetarmee schmälern würde. Natürlich versprachen wir das, was hätten wir auch anderes tun können, waren wir doch noch völlig in ihrer Gewalt.

Immer weiter ging es nach Westen, und es schien mir, als wären die Winde nicht mehr ganz so eisig. Zum hunderttausendsten Mal malte ich mir das Wiedersehen mit allen Lieben aus, träumte von einem richtigen Bett, von einem richtigen Haus, in dem ich leben würde, sah mich im Geist in einem hübschen Kleid durch saubere Straßen gehen und aß die leckeren Honigbrötchen, die noch einmal wieder zu essen ich mir all die Jahre gewünscht hatte.

Vom Essen wurde viel gesprochen, und jeder gab sein Lieblingsgericht zum Besten, und einer machte dem anderen den Mund wässrig nach all den guten Dingen, die wir in Russland nicht einmal zu sehen bekommen hatten und die man doch früher als ganz selbstverständlich hingenommen hatte.

So ganz genau habe ich unsere Fahrtroute nicht mehr im Kopf, aber ich glaube, wir fuhren bei Smolensk über den Dnjepr in Richtung Minsk, Brest-Litowsk, Warschau.

Als wir in Brest-Litowsk hielten und zur großen Durchsuchung wieder hinter Stacheldraht getrieben wurden, ging wohl jeder mit einem bangen Gefühl durch das Gewühl der russischen Uniformen, die sich hier zusammengefunden hatten, um uns ein letztes Mal zu „filzen". Aus riesigen Lautsprechern hörten wir, hoffentlich nun zum letzten Mal, die ewig gleiche, verlogene Propaganda. Dann machten wir uns der Reihe nach auf, um alles wieder wie schon so oft durchwühlen zu lassen.

Wir mussten uns splitternackt ausziehen, jedes Stück wurde aus Holzkoffern und Rucksäcken herausgezerrt, und der Posten, dieses Mal gottlob weiblichen Geschlechts, wühlte sogar in den Haaren. Alles war in nervöser Spannung, jeder zitterte. Werden sie etwas finden, was belastend sein könnte? Werden sie mich zurückbehalten? Immer diese Angst, diese Ungewißheit, die doch schon so lange unser ständiger Begleiter war, würde sie ewig an den Nerven zerren?

Wie peinlich besorgt war der russische Staat, dass wir keine schriftlichen Aufzeichnungen mit über die Grenze nahmen, wo wir doch in Russland nur Gutes erfahren hatten und mit tiefem Dank im Herzen und nur ungern dieses gastliche Land verließen. Waren sie wirklich so kindlich zu glauben, ihre guten Ermahnungen, nur Positives daheim zu erzählen, ihre politischen Schulungen, die den russischen Staat als Ideallösung aller sozialen Fragen hinstellt, hätten all die Härte, Grausamkeit und Entbehrung aus dem Gedächtnis gewischt, die mich zweifelsohne zu einem anderen Menschen geprägt hatten? Schon damals wusste ich, dass ich mich grundlegend geändert hatte, dass meine ganze Einstellung zum Leben eine andere geworden war. Ich hatte in diesen schwersten Jahren meines Lebens erkannt, dass Freiheit und Geborgenheit keine Selbstverständlichkeiten sind, die das Schicksal einem jeden Menschen zum Geschenk macht. Das Schicksal hatte mich wachgerüttelt und unsanft daran erinnert, dass die Sorglosigkeit meiner Kindheit vorüber war und die Unbeschwertheit der Jugend dem Menschen nur einmal in jedem Leben vergönnt ist.

Ein hörbares Aufatmen ging durch die Herzen aller, welche die „Filzung" glücklich überstanden hatten und wieder zurück zum Zug marschieren konnten!

Der Hass zwischen Polen und Russen wurde deutlich spürbar, als ein russischer Offizier von Polen berichtete, die Heimkehrerzüge überfallen und ausgeplündert hatten. Wir sollten während der Fahrt durch Polen keinesfalls die Waggons verlassen, und ich habe während dieser Fahrt auch nichts von unserem gesamten Begleitpersonal zu sehen bekommen.

Wir wurden in einen anderen Zug überführt. Wahrscheinlich hatten die Polen eine andere Spurweite der Schienen. Die Türen des Zuges wurden zugemacht und plombiert. Da saßen wir nun, und wir mussten entdecken, dass diese Wagen nicht jene Rinne besaßen, die wir zwar hassten, aber doch so dringend brauchten. Schließlich kann man nicht tagelang fahren und jede menschliche Regung einfach ignorieren! Da war guter Rat teuer! Als eine meiner Mitgenossinnen ein Marmeladenglas hervorholte, damals eine Kostbarkeit, und es dem Allgemeinwohl opferte, war der Jubel groß! Nach verrichteter Tat wurde das Glas einfach aus der Fensterluke gekippt. Und da wir gottlob keine Kranken in unserem Waggon hatten, klappte diese Noteinrichtung zur allgemeinen Zufriedenheit.

Auf unserer, wie man sieht, wenig komfortablen Reise durch Polen mussten wir weiterhin tüchtig Kohldampf schieben, und als eines Tages ganz plötzlich kleine blasse Kinder, in Lumpen gekleidet, vor unserer Fensterluke standen, große Weißbrote im Arm, meinten wir, im Schlaraffenland angekommen zu sein. Dem war aber nicht so, denn diese armen kleinen Dreckspatzen mit ihren erschreckend alten Gesichtern wussten genau, was sie wollten: Nämlich ein Brot gegen eine Wattejacke tauschen! Der Preis stand fest, und daran war nicht zu rütteln.

So verlockend sah das Brot aus, dass mir das Wasser im Munde zusammenlief und nicht nur mir. Weil es ja nun immer weiter westwärts ging und auch immer ein wenig wärmer wurde, blühte das Tauschgeschäft, und die Kinder zogen hoch befriedigt ab, während wir uns einmal richtig satt essen konnten.

Warschau war damals noch ein Trümmerhaufen, jedenfalls der Teil der Stadt, durch den wir fuhren und der mit seinen anklagend zum Himmel ragenden Häuserruinen einen niederschmetternden Eindruck auf uns machte.

Doch trotz dieser steinernen Erinnerungen an das Grässliche des vergangenen Krieges entdeckte ich Frauen auf der Straße, die mir unerhört elegant vorkamen und mich mit der Gewissheit trösteten, dass das Leben trotzdem weitergegangen wäre. Wir erregten uns ungemein über die neue Mode, die dreiviertellangen Röcke, die in der Zeit unserer Abwesenheit die Welt erobert hatten, von der wir nichts wussten und die wir hier zum ersten Mal entdeckten.

Längst hatten die Weiten des russischen Landschaftsbildes mit Äckern und kleinen Gehöften gewechselt. Überall sah man die tätige Hand des Menschen, der Häuser errichtet, Gärten umzäunt, Vieh gehalten hatte. Am meisten freute ich mich über die Bäume, die, je weiter wir nach Westen kamen, um so dichter standen und herrliches buntes Herbstlaub trugen. Ich saß oder stand an der Tür, die wir nun wieder öffnen durften, schaute und staunte.

Bei Frankfurt an der Oder fuhren wir über die deutsche Grenze, noch jetzt steht deutlich vor meinen Augen das Schild mit der Aufschrift: „Deutsche Grenze".

Es war Wirklichkeit geworden, wovon ich lange Jahre geträumt hatte, wonach ich eine so unbeschreibliche Sehnsucht gehabt hatte, dass Worte zu arm sind, um sie damit auszudrücken. Wir waren in

Deutschland! Das Wiedersehen mit unseren Lieben bedeute uns Heimat und Geborgenheit. Alle diese Gefühle, die auf jeden von uns mehr oder weniger stark einstürmten, machten sich Luft, indem wir alle wie auf einen geheimen Befehl auf die Knie fielen und unter Tränen sangen „Nun danket alle Gott". Wir weinten und lachten, wir umarmten und küssten uns und waren in diesem Augenblick des unbeschreiblichen Glückes eine wirkliche Gemeinschaft. Nie in meinem Leben werde ich diesen Augenblick vergessen, der einer der schönsten, bestimmt aber der eindrucksvollste meines ganzen Erdendaseins war und ist.

Frankfurt/Oder sah trübe aus, und die wenigen, schlecht gekleideten Menschen, denen wir begegneten, verstärkten diesen Eindruck noch. Es herrschte eine gedrückte Atmosphäre, die sich wie ein Nebel auf meine himmelhochjauchzende Freude legte.

Wir marschierten zusammen mit den Soldaten unseres Zuges zu dem Lager „Gronenfelde", das, wie gewohnt, aus hässlichen Baracken bestand, mit verlogenen Parolen geschmückt, und saukalt war. Wir wurden nach Zonen eingeteilt und sollten möglichst bald abtransportiert werden, um einem neuen Transport Platz zu machen. Jeder bekam 50 Ostmark in die Hand gedrückt, von denen er sich innerhalb des Lagers etwas kaufen konnte. Es gab Bier,

Weintrauben, allerlei Zuckerzeugs und auch Kunsthonig. An den Verkaufsbuden herrschte ein wüstes Gedränge, und da ich das ja von jeher nicht vertragen konnte, zog ich mit einer Schachtel Kunsthonig, die ein Landser für mich ergattert hatte, los, um sie in irgendeiner stillen Ecke zu verdrücken.

Am nächsten Tag hatten wir die Möglichkeit, unseren Angehörigen zu telegrafieren, um unsere Ankunft mitzuteilen. Nur wer mittels einer Antwortkarte eine Adresse in Westdeutschland nachweisen konnte, wurde dorthin entlassen. Inzwischen wurden wir noch in ein anderes Lager überführt, wo die übliche Zeremonie, Baden, Entlausen, ärztliche Untersuchung, vor sich ging.

Es war das Quarantänelager „Wolfen", wo man uns unbedingt zwei Wochen in Quarantäne halten wollte, uns dann aber doch nach zwei Tagen wieder entließ, weil wir voller Wut über diese Zumutung anfingen zu rebellieren.

Mein Gott, wir hatten wahrhaftig genug von diesem Lagerleben, dass wir doch seit vier ein halb Jahren bis zur Neige ausgekostet hatten, genug von dem ewigen Bevormunden, von Befehlen, von den hölzernen Pritschen und den grässlichen Gemeinschaftslatrinen.

Von Helga hatte ich nun auch Nachricht, so dass meiner Fahrt in den Westen nichts mehr im Wege stand.

Erst jetzt wurde mir der Wahnsinn des geteilten Deutschlands, von dem wir ja in Russland aus Ostzonenzeitungen kommunistischer Färbung gehört, das heißt gelesen hatten, so recht bewusst, als ich zum letzten Mal unter Bewachung zur Schranke der Zonengrenze geführt und offiziell der Betreuung des Westens übergeben wurde.

Als der Schlagbaum sich hob, stürzten fremde Menschen auf mich zu, die mich umarmten und mich in der Heimat willkommen hießen. Das war ganz überraschend, denn in der Ostzone hatte niemand von uns Notiz genommen. Man fühlte sofort, dass im Westen eine andere Atmosphäre herrschte. Das Gedrückte, Ängstliche war verschwunden, und ich war so glücklich, dass es Menschen gab, die sich über meine Heimkehr freuten!

Im Entlassungslager Friedland, das unter amerikanischer Leitung stand, herrschte Hochbetrieb. Die Wellblechbaracken sahen zwar auch nicht gerade sehr gemütlich aus, aber es war alles vorbildlich organisiert.
Nie vergessen werde ich das erste richtige Mittagessen seit vielen Jahren: Klops mit Rotkohl und

Kartoffeln! Wie ich das genossen habe, kann nur der verstehen, der genau wie ich viel gehungert hat und täglich saure Kohlsuppe essen musste.

Die ärztliche Untersuchung, hier nun kein Viehmarkt mehr, bescheinigte eine Nachuntersuchung und Behandlung in Hamburg. Ich war schon so ungeduldig und hatte nur den einen Wunsch, endlich nach Hause fahren zu können. Der nette Herr, der für jeden Heimkehrer eine Fahrkarte zu seinem Bestimmungsort ausstellte, ließ sich von meinem Flehen erweichen und kam zehn Minuten, bevor der Zug in Richtung Hamburg startete, ganz strahlend in meine Baracke, die Fahrkarte in der Hand schwenkend.

Ganz allein als freier Mensch ging ich, fest in die Hand gedrückt die 50 Mark, die man uns gegeben hatte, zum Bahnhof, um in mein neues „Zuhause" zu fahren. Ich kam gerade noch zurecht, um den Zug zu erreichen und mir von meinem Taschengeld eine Tafel Schokolade zu kaufen, die erste seit Jahren.

Da saß ich nun am Fenster und schaute hinaus, und meine Heimat Deutschland kam mir vor wie ein wunderschöner Garten, so klein, so gepflegt und sauber. Es war gar nicht kalt, ich glaube, wir hatten den 22. oder 23. Oktober 1949, und die Bäume standen im schönsten Schmuck ihres herbstlichen Laubes.

Ich hatte meinen zerrissenen Sommermantel an, das beste Stück meiner Russlandjahre, um den Kopf das Tuch, das Stefan mir geschenkt hatte, und an den Füßen Stiefel aus geklautem russischen Leinen. Das war alles ganz zünftig, aber meine Reisegenossen merkten schnell, dass ich aus „einer anderen Welt" kam. Da wurde ich ausgefragt und bemitleidet, bestaunt und beschenkt. Obst, belegte Brote, Schokolade, es war mir wie im Schlaraffenland!

Eine junge Frau, deren Mann in Russland vermisst war, wollte von mir wissen, ob noch viele Kriegsgefangene in Russland seien und ob wohl die Möglichkeit bestünde, dass ihr Mann noch am Leben sei. Wie konnte ich wohl diese Fragen beantworten, da die Kriegsgefangenenlager weit voneinander entfernt in der Unendlichkeit des russischen Raumes so gut wie gar keinen Kontakt untereinander hatten, niemand von der Existenz der anderen wussten. Und dann die zweite Frage, die ich nicht beantworten konnte und auch nicht wollte. Warum hätte ich ihr jede Hoffnung nehmen sollen bei dem Gedanken an die Massengräber draußen in der Steppe, die den Tausenden von Namenlosen zur letzten Ruhestätte geworden war. Ich war auch noch gar nicht fähig, über diese Dinge zu sprechen, das Grauen war noch zu frisch in mir, die Angst und das Misstrauen waren zu groß.

Es war Nacht geworden, oder war es später Abend? Jedenfalls wurde es dunkel, ich träumte vor mich hin und dachte daran, wie ich mich wohl in der großen Stadt Hamburg, die mir ganz fremd war, zurechtfinden würde, denn den genauen Termin meiner Ankunft hatte ich Helga nicht mitteilen können. Ich war durch die Jahre in der Gefangenschaft doch recht mitgenommen und hatte Angst vor dem Großstadtverkehr und dem Hasten der vielen Menschen, die mich vielleicht anstarren würden, weil ich in Fetzen gekleidet war.

Der Zug fuhr in die große Halle des Hamburger Hauptbahnhofs ein, und als er hielt, öffnete ich mit zitternden Händen die Tür des Abteils, um auszusteigen und mir in der Menge der Reisenden meinen Weg zu suchen, zum ersten Mal als selbständig handelndes Wesen!

Ich stand noch in der Tür des Abteils, als ich Helga erblickte, die genau vor mir auf dem Bahnsteig wartete. Helga, die mir als guter Engel in Russland das Leben gerettet hatte und die mir nun das zu schenken gewillt war, was ich am meisten benötigte: ein Zuhause.

Wir konnten in diesem Augenblick beide nicht sprechen, wir schluchzten vor Glück und Dankbarkeit und hielten uns umarmt, als ob wir uns nie wieder loslassen würden. Die netten Schwestern vom Roten Kreuz, die mich mit Kaffee und Brötchen versorgen wollten, mussten unverrichteter Dinge wieder losziehen – wer kann schon essen in einem solchen Augenblick?

Helgas Mann, der mir und unserer ganzen Familie aus Danzig bestens vertraut war und der mich am anderen Ende des Zuges gesucht hatte, hieß mich nun auch so lieb und herzlich willkommen, dass ich wirklich das Gefühl hatte, daheim zu sein.

Wir fuhren mit der U-Bahn nach Wandsbek, wo Hans und Helga in der Schlossstraße wohnten. Dort lernte ich mein zweijähriges Patenkind kennen, das friedlich schlafend in seinem Bettchen lag und nicht erwachte, soviel ich es auch anschaute.

Ich fragte Helga, woher sie gewusst habe, dass ich gerade heute, gerade zu dieser Stunde in Hamburg eintreffen würde, nachdem ich doch seit dem Absenden des Telegramms keine weitere Nachricht hatte geben können, einfach, weil ich selber nicht gewusst hatte, wann ich abfahren würde. Unsere große innere Verbundenheit, geboren aus dem gemeinsamen schweren Erleben, hatte Helga spüren lassen, wie ich langsam immer mehr in ihre Nähe rückte. Und so war sie, ohne zu zögern, ihrem Gefühl folgend, zur rechten Stunde da gewesen.

Ich hatte ein kleines Zimmerchen, mit Blumen geschmückt, mit einer Schale Obst und Leckereien auf dem Nachttisch, mit Puder, Lippenstift und Creme in der Schublade, einem herrlichen weißbezogenen Bett und einem Nachthemd aus rosa Seide. Mit welch unbeschreiblicher Wonne ich an diesem Abend zum ersten Mal nach fast fünf Jahren in ein richtiges Bett ging, lässt sich schlecht beschreiben, das muss man einfach selbst erleben. Am nächsten Morgen gab es, wieder wurde ein Traum Wirklichkeit, frische Brötchen mit Honig und richtigen Kaffee, von Helga vorsorglich für mich aufgespart. Ich stand vor dem Spiegel und behandelte mein strapaziertes Gesicht, das in Russland außer Wagenschmiere, die wir gelegentlich für solche Zwecke organisiert hatten, nie ein Tröpfchen Fett gesehen hatte. Es sah auch entsprechend aus… !

Beim Friseur wurde mein Haar zu einer schicken Frisur gelegt, denn außer gelegentlichem Waschen mit viel zu wenig Seife und Zöpfeflechten, als praktische Standardfrisur, war ihm in der Gefangenschaft keine Pflege zuteil geworden.

Von dem Geld, es waren 300 Mark, welche die Stadt Hamburg jedem Heimkehrer spendete und die ich auf meinen Entlassungsschein hin bekam, kaufte ich, von Helga fürsorglich beraten, ein Paar Schuhe, einen Wintermantel und einen warmen Rock. Jetzt kam ich mir schon richtig schön vor, und wie im Traum ging ich durch Hamburgs breite Geschäftsstraßen, die mir mit ihren hübschen Auslagen, den vielen Omnibussen, den eifrig einkaufenden Menschen und den am Abend hell leuchtenden Lampen wie ein Märchen aus Tausendundeiner Nacht vorkamen. Mir war, als entdeckte ich eine neue Welt, auf der zu leben es sich wieder lohnte.

Das einzige, was das Schicksal mir nun noch vorenthielt, war das Wiedersehen mit meiner guten Mutter, die voller Sehnsucht darauf wartete und hoffte, dass ich bald zu ihr und allen anderen Mitgliedern unserer Familie, die inzwischen sämtlich nach Brasilien ausgewandert waren, kommen würde.

Es kam aber noch etwas dazwischen, mit dem ich nicht gerechnet hatte, und das doch meinen ganzen weiteren Lebensweg bestimmen sollte: die Liebe nämlich, die eines schönen Morgens, wir saßen gerade beim Frühstück, in Gestalt eines sympathischen Herrn ins Zimmer trat, der mir als Willkommensgruß ein Töpfchen mit Alpenveilchen und eine Flasche Eierlikör entgegenhielt. Ich erkannte ihn sogleich und wusste, das ist der junge Student, der auf Charlottes Hochzeitsbild so glücklich gelacht hatte, auf den sie so stolz war und dessen Militärstiefel sie in Graudenz so tapfer verteidigt hatte.

Es war nicht die himmelhoch jauchzende Liebe auf den ersten Blick, von der man in Romanen liest, es war ein ganz selbstverständliches Verstehen, eine tiefe Verbundenheit, die uns zusammenführte. Und als wir am dritten Tage unseres Kennenlernens uns verlobten, meinte Helga: „Na endlich!"

Hüttchen, die damals noch in Hamburg war, gehörte zu den wenigen Gästen unserer stillen Hochzeitsfeier, die drei Tage nach Weihnachten in Hamburg stattfand.

Als junges Mädchen hatte ich immer gefürchtet, ich könnte einmal auf einen Mann hereinfallen, der mich nur wegen des Geldes heiraten wollte. Da war ich nun in diesem Falle vollkommen beruhigt, denn ich besaß außer den in Hamburg gekauften Sachen absolut nichts und musste von meinem Mann erst einmal notdürftig eingekleidet werden.

Nachdem wir ein Jahr in Frankfurt gelebt hatten, in einem winzigen Zimmer, das außer einem Bett, einem Schrank und einem Tisch mit zwei Stühlen nichts beherbergte und in dem wir doch so glücklich waren, packten wir unsere Habseligkeiten in zwei große Seekisten, um über den Atlantik zu meinen Lieben nach Brasilien zu fahren.

Noch heute habe ich das Wiedersehen mit meiner Mutter vor Augen, als wir im Hafen von Santos am Kai anlegten. Während wir auf dem Schiff noch allerlei Formalitäten zu erledigen hatten, hüpfte meine Mutter vor Ungeduld so nahe am Wasser herum, dass ich Angst hatte, sie könnte hineinfallen. Mein Bruder, der mitgekommen war, hatte Mühe, sie festzuhalten.

Sie lief mir die Schiffstreppe entgegen, mit all der Energie und Lebhaftigkeit, die sie immer gehabt hatte, und die mir so vertraut war.

Als wir uns in den Armen lagen, vor Freude weinend, und keine Worte fanden, da wusste ich, dass es ein wirkliches Geschenk des Schicksals ist, einen solchen Augenblick erleben zu dürfen.